도서관 마녀의 태블릿

대출/반납
0 7 일

도서관 마녀의 태블릿

차무진
지음

블랙홀

차례

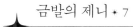

금발의 제니

"우리 집 갈래?"

학원 수업 시간이 끝나고, 가방에 책을 넣고 있는 유미에게 하린이 다가와 말했다. 지루했던 수학 시간의 공기에서 빨리 벗어나야 한다는 듯 아이들이 앞다투어 교실을 빠져나가고 있었다.

하린의 웃음에도 불구하고 유미는 굳은 엿기름처럼 무표정이다. 유미는 대답하지 않고 척척 가방을 쌌다. 하린이 유미 소맷자락을 붙들고 마구 흔들어댔다.

"라면 먹고 가랑."

애교 섞인 콧소리.

장유미는 속내를 들키지 않으려 노력했다. 입술을 아프게 다물고 에어팟을 귀에 꼈다. 그러곤 들을 생각이 없었던 스트리밍 앱을 켜서 스마트폰 액정에 손가락을 획획 올리며 음악을 검색했다. 플레이 리스트에서 줄줄 밀려 올라가는 곡들은 전부 아이돌 노래들이다.

하린은 계속 치댔다.

"라면 먹자고오~. 유밍! 유미 짱! 장미 님!"

"살 쪄."

툭 던지듯 한마디 했다. 유미가 대답해준 것에 용기를 얻었는지 하린은 얼굴을 들이밀고 본격적으로 애교를 부리기 시작했다.

"금발의 유미야앙. 나 좀 봐줘엉~. 내 이마 호~ 해주라고오~."

"이거 놔. 옷 찢어져."

애교로 공격하는 하린의 목소리는 탁구공처럼 통통 튀었고 그 공격을 받은 유미 목소리는 흐물흐물 녹아내리고 있었다.

"화 많이 났었지?"

하린의 그 말에 유미는 입술을 지긋이 씹었다. 배알이 꼬였다. 녹은 아이스크림에 숟가락을 넣고 젓는 것처럼 싱겁기도 하다.

'……그렇게 나를 미친년처럼 몰아세우더니.'

하린은 지금 일주일 만에 말을 걸고 있었다.

"미안해. 그때 내가 약을 안 먹어서 그랬어. 미안."

하린이 사과했다.

그제야 유미는 몸을 돌려 하린의 얼굴을 바라보았다. 하린 이마에는 마이크로 포어 의료용 반창고가 널따랗게 붙어 있다.

'이마 상처는 괜찮아?'라고 묻고 싶었지만, 유미는 꾹 참았다. 그리고 입에서 나온 말.

"어쩔. 참 빨리도 사과한다!"

"헤헤. 미안. 유미 짱!"

하린이 유미 가슴에 안겨 얼굴을 들어 보였다. 유미는 어쩔 수 없이 웃으며 그런 하린의 이마를 쓸어주었다.

"상처, 괜찮아? 아프지 않고?"

"아포. 호~ 해줘."

"지랄."

하린의 이마에 이 상처가 난 것은 일주일 전이었다.

일주일 전 학교 점심시간.

음악실에 놓고 온 다이어리를 찾으러 가던 장유미는 복도 저 앞에서 창에 어깨를 기대고 서럽게 울고 있는 오하린을 보자마 자 바람처럼 그쪽으로 달려갔다.

하린은 유미와 다른 3반이고, 지금 자기 반 앞 복도에 서서 울고 있었다. 유미는 다짜고짜 하린을 등 뒤에 감추며 주변을 험악하게 위협했다.

"누가 우리 하린이를 울렸어? 누구야? 너야? 아님, 너야? 누가 하린이를 이렇게 울렸냐고! 내가 말했지? 오하린 건드리면 내가 가만 안 둔다고!"

유미가 눈을 부라리며 소리치자 복도에 있던 3반 아이들은 주춤주춤 몇 걸음 물러났다. 둘이 친한 걸 아는 학교 아이들은 유미가 하린을 보호하려고 이렇게 호들갑 떠는 광경이 낯설지 않았다.

유미는 돌아서서 하린의 상태를 살폈다. 하린 이마에는 피가 철철 흐르고 있었다.

"너, 이마가 왜 그래? 피 나잖아!"

그때 3반 교실에서 사탕을 입에 문 나래가 복도로 나왔다.

정나래는 소위 노는 애들 '애플'의 리더이자 이 학교 짱이다. 아빠가 방포리 룸살롱 사장이라는 소문이 있지만, 사실인지는 알 수 없었다. 아이들은 나래가 자기 아빠 업소에서 아저씨들 상대로 용돈을 번다고 수군거렸지만, 그것도 사실인지는 알 수 없다.

나래 뒤로 상미, 유진, 동희도 따라 나왔다. '애플'의 멤버이자 '정나래 시녀들'로도 불리는 애들이다.

나래가 교복 상의 주머니에 두 손을 찔러 넣고 골반을 비틀어 삐딱하게 섰다.

"너냐?"

유미가 다 쓸어버리겠다는 기세로 눈을 부라렸다.

"니가 우리 하린이 울렸냐고! 어?"

정나래는 물고 있던 츄파춥스를 빼더니 번들거리는 입술을 실룩이며 어이없다는 표정을 지었다. 유미는 겁 없는 치타처럼 몸을 잔뜩 웅크리며 이를 갈았다.

"내가 하린이 건드리면 가만 안 둔다고 경고했지!"

나래가 헛웃음을 쳤다.

"품, 웬 오버야? 그렇게 노려보지 마. 우린 아냐. 저년 건드렸다가 병 옮을까 봐서라도 이젠 안 건드려."

"뭐어?"

"저년, 또 정병 도졌어. 수업하다가 혼자 벌떡 일어나더니 어쩔 줄 아냐? 지 가방을 바닥에 다 쏟아버리더니 벽에 이마를 존나 빻질 않나. 그러다 갑자기 튀어 나가서 저렇게 우는 거야. 지혼자 자해한 거라고. 우리가 얼마나 놀란 줄 아냐?"

아. 유미는 하린이 또 약을 안 먹은 모양이구나, 생각했다.

"어서 데리고 나가. 저 미친년 말릴 사람이 장유미 너밖에 더 있냐? 그리고 또 하나!"

유미는 나래를 바라보았다.

"하린이 년이 자꾸 우리 아빠가 룸살롱 사장이고 내가 거기서 용돈 번다는 소문을 퍼뜨리는 것 같은데, 니가 잘 전해라. 입조심하라고!"

유미가 항변했다.

"저번에도 말했지만, 그런 말 맨 처음 한 사람은 하린이가 아냐!"

"누가 처음 하든 그게 중요한 게 아니고! 저년이 자꾸 그런 말을 하고 다닌다고!"

"하린이가 약을 안 먹으면 머릿속에 있는 말을 아무렇게나 뱉어. 그래서 그런 거잖아."

나래는 빨던 사탕을 복도에 탁, 뱉고는 유미 턱을 툭 쳤다.

"장유미 너, 저년 단속 잘해라! 한 번만 더 그딴 말 지껄이다가 내 눈에 띄면 가만 안 둔다."

정나래는 츄파춥스 때문에 끈적해진 침을 복도에 찍, 뱉고는 뒤돌아 가버렸다. 상미, 동희는 유미와 하린을 아래위로 흘기면서 나래를 따라갔다. 마지막으로 유진은 "너희 레즈냐? 맨날 딱달라붙어선!" 하고 쏘아붙이곤 중지를 길게 세우며 뒤돌았다.

유미는 흐느끼는 하린을 끌어안았다.

"할아버지 나무님한테 가자."

유미는 하린 어깨를 감싸고 복도 끝으로 갔다.

운동장 담장 아래에는 커다란 미루나무가 있었다. 학교가 세워지기 전부터 있었다는데 선생님들 말로는 수량이 150년도 넘는다고 했다.

학생들은 그 나무를 '할아버지 나무님'이라고 불렀다. 오래전부터 내려오던 이름이었는데 노을이 지는 여름 오후면 바람에 흔들리는 나뭇잎 소리가 '허허허허' 하고 웃는 소리 같아 붙여진 이름이라고 한다.

할아버지 나무님은 운동장 왼쪽 구역에 긴 그늘을 만들어주었고 거기에는 벤치가 아홉 개나 있어 점심시간만 되면 학생들은 앞다투어 나가 나무 아래에서 수다를 떨었다.

하린은 그곳에만 가면 씻은 듯 안정되었다. 이유는 알 수 없었지만, 유미는 할아버지 나무님이 하린을 다독여주는 거라 믿었다.

미루나무 아래 빈 벤치에서, 유미는 손수건을 깔고 하린을 앉혔다.

"기다려."

유미는 자판기로 가서 하늘보리를 하나 뽑았다. 그러곤 달려와 앉더니 하늘보리 뚜껑을 따서 하린에게 건네기 전에 먼저 손바닥을 내밀었다.

"줘."

하린은 아무 말 없이 멍하게 바닥만 보고 있었다.

"어서 주라고. 약!"

"버렸어."

"야! 오하린!"

유미는 하린의 주머니를 뒤졌다. 약포지 하나가 나왔다. 유미
는 그 약포지를 뜯어서 알약 세 개를 손바닥에 올리고 하늘보리
와 함께 하린에게 내밀었다.

"어서 먹어!"

하린은 우울증을 앓고 있었다. 2년째다. 보통 가을에 많이 힘
들어했는데, 작년 가을에는 별일 없이 잘 지낸 탓에 유미는 이
제 완전히 나았나 보다 생각했다. 그런데 올해 또 여지없었다.

목련이 피기 시작할 때쯤 다시 시작된 하린의 우울증은 벚꽃
이 떨어지고 한참이 지난 지금까지도 사그라들 기미가 보이지
않는다.

약은 매일 먹는다고 했다. 하린이 약을 입에 넣고 하늘보리를
꿀꺽일 때 유미의 손은 피딱지가 달라붙은 하린의 이마를 더듬
었다.

"어디 이마 좀 보자."

하린이 유미 손을 던지고 눈을 부릅떴다.

"치워!"

"가만있어 봐. 이마 좀 보게. 그래야 상처가 어떤지 알지."

유미는 다시 하린 앞머리를 깠다. 상처가 깊었다. 유미는 손수건을 꺼내서 상처 주변에 말라붙은 피딱지를 조심스레 떼어 냈다.

"보건실 가야겠다. 그리고 하린아, 너 정나래 아빠 이야기 떠들고 다녔어? 물론 약 안 먹었을 때 그랬던 거겠지만, 조심해야 해. 사실인지 알 수 없는 일이잖아. 딴 것 생각하지 마. 약만 잘 챙겨 먹으면 돼. 넌 약만 먹으면 실수 안 하는 애니까."

그 말을 들은 하린은 턱을 쳐올리며 쏘아붙였다.

"내가 무슨 말을 하든, 약을 먹든 말든 왜 참견이야! 네가 뭔데? 네가 내 엄마라도 돼? 뭘 해줄 수 있는데? 내 엄마 할래?"

"하, 하린아."

"내 엄마 할 거냐고? 쌍년아!"

하린은 얼굴이 벌겋게 닳아 오른 채 턱을 쳐들고 유미한테 고래고래 소리를 질렀다.

피가 굳어 페인트가 잔뜩 발린 것 같은 이마보다, 텅 빈 듯 미끄거리는 커다란 동공 때문에 하린 얼굴은 마치 가면을 쓴 것 같았다.

이제 막 약을 먹었기에 진정되려면 시간이 필요했다. 그때까지가 위험한 시간이다.

하린은 지금 자신을 살뜰히 챙기려는 유미를 죽일 듯 대하고

있었다. 이런 일이 익숙한 유미도 오늘따라 하린 얼굴이 유난히
무서웠다.

"하, 하린아."

헉, 헉, 헉.

유미를 노려보는 하린의 숨이 가빠졌다.

저쪽, 운동장을 지나던 학생들이 마구 소리 지르고 있는 하린
을 보며 어머 어머, 하며 입을 막았다. 유미는 그쪽을 한번 보더
니 하린한테 낮게 말했다.

"상처를 보려던 거잖아. ……나한테 왜 그래? 누가 보면 내가
너 괴롭히는 줄 알겠다."

"닥쳐. 니가 제일 꼴 보기 싫어! 지나 나나 같은 처지면서! 넌
뭔데 강한 척하는 거야? 니가 뭔데? 뭐냐고? 니가 뭔데 나한테
약을 먹이려 하냐고!"

이제 유미 인내심도 바닥을 쳤다.

"적당히 해라. 오하린."

그러자 하린이 귀를 막고 괴성을 질러댔다.

유미는 일어났다.

"피 철철 흘리면서 집에 가든가 말든가."

유미는 손수건을 집어 던지고 일어났다. 그래선 안 되는 걸 잘
알고 있지만, 너무 화가 나 하린을 혼자 두고 자리를 떠버렸다.

그때부터 일주일 동안 하린과 유미는 서로 한마디도 안 했다.

점심시간 전에는 유미가 하린 반을, 점심시간 후에는 하린이 유미 반을 찾던 일도 중단되었다.

그리고 딱 일주일이 된 오늘, 노을빛이 창으로 노랗게 비끼며 들어오던 봄날의 토요일.

학원 교실에서 수학 보강 수업을 마치고 가방을 싸는 유미에게 하린이 다가와 예전처럼 말을 걸고 있었다. 자기가 잘못했다면서 말이다. 뭐를 잘못했냐고 물으니 하린은 보조개를 만들며 "할아버지 나무님 아래에서 소리 지른 일."이라고 말했다.

'흥, 기지배. 일주일도 못 버틸 거면서.'

유미는 고양이처럼 자기 가슴에 볼을 비비는 하린의 정수리를 눈으로 흘기며 코웃음을 쳤다.

하린도 유미가 없으면 아무것도 할 수 없다는 것을, 자기에게 유미가 전부라는 것을 잘 알고 있다.

장유미와 오하린은 초등학교 2학년 때부터 고등학교 2학년인 지금까지 하루도 헤어진 적 없는 단짝 친구다. 반은 달랐지만 둘은 수업이 끝나면 서로에게 달려가 얼굴을 보고 돌아오기를 10년째 반복하고 있다.

집이 종로구인 유미가 성북구 뉴타운에 있는 학원에 다니는 것도 단짝인 하린이 이 학원에 다니기 때문이다. 이 학원이 강북에서 가장 크다는 이유도 있지만 말이다.

하린은 우울증을 앓고 있어 먼 곳까지 움직이기는 불안한 상태다. 그래서 집 근처에 있는 학원에 다녀야 하고 또 학원에서도 유미가 곁에 있어 줘야 한다. 어디서 어떤 사고를 칠지 모르기 때문이다.

"이히히. 화 풀린 거지? 금발의 유미 짱."

하린이 유미를 보며 귀엽게 웃었다.

유미는 성이 장 씨이기에 '유미 짱', '장미'로 불렸다. 또 학교 친구들은 막 태어난 까마귀 털보다 더 새카만 머리칼을 지닌 장유미를 '금발의 유미'라고 부르기도 한다.

하린은 주로 '유미 짱'이라고 부른다. 자기에게 유미는 짱이라며.

"헤헤, 보자. 우리 유미 짱 뱃살이 일주일 동안 얼마나 늘었나."

하린이 불쑥 유미 뒤로 돌더니 뒤에서 유미를 안았다. 그리고 유미 배를 더듬었다.

"이거 왜 이래?"

"어머, 뭐야. 너 살쪘어. 유미!"

"신경 *끄셈*."

"나 안 보는 사이 맛난 거 많이 먹었나 보네. 누구랑 먹었냐?"

"미친."

"유미야, 우리 집 가서 같이 케이크 먹장. 응?"

"아깐 라면이라더니?"

"라면도 먹고 케이크도 먹음 되지. 우리 아파트 앞에 조각 케이크 가게가 생겼어. 엄청 맛있대."

유미가 누그러진 소리로 턱을 당기자 하린은 유미 등에 볼을 비벼댔다.

"어서 내 똥배에서 손을 떼거라, 이것아."

이것으로 일주일간의 휴전은 막을 내렸다. 하린네 아파트는 둘이 다니는 학원과 담장 하나를 사이에 두고 있었다.

성북구에서 가장 규모가 큰 이 학원 주변으로 대단지 뉴타운이 생긴 것은 유미와 하린이 중학교에 들어갈 때 일이었다.

"아, 맞다! 나, 아빠한테 물어봐야 하는데."

학원 마치고 하린 집으로 갈까 하던 유미는 저녁에 아빠가 학원 앞으로 데리러 오겠다고 했는지 아닌지, 기억을 더듬었다.

아침에 아빠가 일하러 나가실 때 유미는 늘 아빠에게 수업 시간표를 말해준다.

"오늘은 5시에 마치니까 학원 버스 타고 집에 갈게." 또는 "오늘은 8시에 마치는데 아빠가 데리러 와주면 좋고. 아니면 학원 버스 타고 가도 돼."

아빠는 그때마다 "오늘은 데리러 갈게." 또는 "오늘은 안 되겠다. 학원 버스 타고 집에 오렴.” 이렇게 학원 앞으로 데리러 올지 말지를 대답해주는 것이 일상이다.

하지만 오후가 되면 매번 아빠의 일정이 달라진다.

데리러 온다고 약속한 날이면 갑자기 바쁘다며 학원 버스를 타고 오라고 했고, 보충 수업이 있는 날이어서 학원 버스를 타고 간다고 통보한 날에는 또 학원 앞에 차를 대고 기다리고 있었다.

그래서 유미는 꼭 점심시간쯤 다시 아빠한테 메신저 톡을 보낸다.

“오늘, 데리러 오는 날이야. 잊지 마.” 또는 “오늘은 안 와도 되니까 와서 기다리지 마.” 이렇게.

유미는 스마트폰 시계를 살폈다.

오후 다섯 시 반.

그런데 이미 아빠한테서 메신저 톡이 와 있었다.

8시에 끝나지? 데리러 갈게.

한 번도 예외가 없었다. 반대로 기억하는 아빠의 습관.

아침에 아빠가 구두를 신을 때 5시에 마친다고 분명히 말했는데, 이번에도 여지없이 8시에 데리고 온다고 한다.

차라리 잘됐다고, 유미는 생각했다. 아빠의 잘못된 기억으로 유미는 따로 아빠한테 알리지 않아도 하린 집에서 놀 시간을 벌었다.

유미는 생각했다.

'하린이 집에서 저녁 먹고 놀다가 아빠한테 8시쯤 하린이네 아파트로 오라고 톡 하면 되겠네.'

조금 걱정되는 것은 아빠의 기억력이 1년 전부터 급속도로 쇠약해졌다는 것.

노을빛 건물 그림자가 진했다.

모처럼 미세먼지가 없는 날이어서 오후의 세상은 노랗다 못해 하얘지고 있었다. 창밖을 보니 아이들은 학원 버스를 타기 위해 건물 앞에 우르르 모여 있었다.

학원에서 나온 둘은 하린네 집으로 갔다.

아파트 상가 편의점에서 철판 볶음 맛 컵라면과 바나나 우유, 스파클링 에이드를 샀다. 편의점 옆 새로 생겼다는 조각 케이크 가게에 들러 당근 케이크와 캐러멜 케이크도 샀다.

하린은 떠먹는 인절미 케이크를 먹고 싶어 했지만, 너무 비싸서 그건 다음 주에 사 먹기로 했다.

둘은 장미꽃이 만발한 화단 옆 철제문을 밀고 아파트 단지 안으로 들어갔다.

하린 집은 16층이었다.

엘리베이터에서 나와 복도에서 꽤 복잡한 키 번호를 누르고 있을 때 불쑥, 현관문이 열렸다.

안에서 하린 엄마 얼굴이 나타났다.

"엄마!"

"하린이 이제 오니?"

하린 엄마는 외출하려고 현관에서 신발을 신다가 문밖에서 기척이 나자 먼저 문을 연 것으로 보였다.

"오홋, 유미도 왔구나. 어서 들어가."

하린 뒤에 선 유미는 하린 엄마를 가만히 보기만 했다.

바쁘게 신발을 신은 하린 엄마는 우산을 넣어두는 수납장에서 장 볼 때 사용하는 플라스틱 사각 캐리어를 꺼냈다.

유미는 하린 엄마한테 인사조차 하지 못한 채 여전히 물끄러미 보기만 했다.

"뭐 해. 어서 들어가자. 유미 쨩."

하린 엄마를 멍하게 보고 서 있는 유미 손을 하린이 이끌었다. 유미와 하린이 공간을 내주자 하린 엄마는 캐리어를 끌고 복도로 나왔다.

하린 엄마는 엘리베이터 버튼을 누르며 말했다.

"마침 잘 왔다. 마트에 가려는데 뭐 먹고 싶은 거 없니? 유미도 저녁 먹고 갈 거지? 아, 그래. 우리 유미 키조개 좋아하지? 그제 보니까 마트에 키조개가 싱싱하던데, 아줌마가 치즈 올려서 관자구이 해줄게. 오늘도 있을지 모르겠네."

하린 엄마는 초등학생 때부터 하린과 단짝인 유미의 입맛을 잘 안다.

"네?"

유미가 하린의 엄마를 멍하게 보며 되물었다.

"유미 너 관자 좋아하잖아. 이제 안 좋아해?"

"아, 아뇨. 좋아해요. 가, 감사합니다."

"싱겁긴."

마침 엘리베이터 문이 열렸다.

하린이 엄마 등을 떠밀었다.

"아이참. 엄마, 어서 가. 나 유미랑 케이크 먹을 거예요."

"그래, 그래. 집 잘 보고 있어."

엘리베이터 문이 닫히고 하린 엄마는 사라졌다. 하린과 유미는 집 안으로 들어왔고 현관문이 닫혔다.

유미는 신발을 벗지 않고 가만히 현관에 서 있었다.

"뭐 해? 안 들어오고?"

하린이 돌아보며 말했다.

유미가 물었다.

"방금, 누구야?"

"누구긴, 우리 엄마지."

"……아, 알지. 아주머니 맞는 거 같아. 그런데…….''

장유미는 그렇게 말하고 침을 한번 꿀꺽 삼켰다.

"너희 엄마, 재작년에 돌아가셨잖아."

오하린이 우울 증상을 보인 건 엄마가 죽고 나서였다.

하린 엄마는 췌장암 진단을 받은 지 3개월 만에 돌아가셨다. 그게 2년 전, 그러니까 하린과 유미가 중학교를 졸업한 그해 겨울의 일이었다. 엄마가 아프다는 사실을 겨우 받아들일 무렵, 작별인사도 하지 못한 채 엄마의 죽음을 맞닥뜨려야 했다.

갑작스러운 엄마의 죽음은 하린의 정신을 혼란케 했다.

하린은 고등학교 입학할 때 선생님들이 주시하는 문제아로 찍혔고 단짝 친구 유미의 노력으로 가까스로 학교에 다니고 있었다.

유미는 슬그머니 감이 왔다.

일주일 전까지 표독스레 세상을 저주하던 하린이 갑자기 이렇게 밝아진 이유가…….

이것 때문이었나?

"저 사람, 누구냐고?"

유미가 무섭게 하린을 노려보았다.

"왜 자꾸 그래. 우리 엄마라고."

하린은 케이크를 먹으며 넷플릭스 화면이 띄워진 노트북으로 시선을 돌렸다.

유미가 탁, 노트북을 접고 하린이 들고 있던 케이크 접시를 빼앗았다.

"왜 이래. 이리 줘!"

"말해. 저 여자 누구야!"

이번에는 유미 얼굴이 할아버지 나무님 아래에서 소리치던 하린처럼 표독해졌다.

"저 여자라니. 씨, 우리 엄마한테."

"야. 오하린! 죽을래? 말이 되냐고. 지금!"

그 말에 오하린은 포크를 던지듯 놓았다. 크림이 묻은 포크가 테이블 아래로 내동댕이쳐졌다.

유미는 포크를 주워 테이블에 단정하게 올려놓고 하린의 어깨를 두 손으로 다잡았다.

"오하린, 날 봐."

유미가 어깨를 두어 번 흔들자 저쪽을 보고 있던 하린은 고개를 숙여버렸다. 하린의 긴 머리가 얼굴을 가렸다. 머리카락 속에서 하린의 두 눈이 유미한테 그렇게 무섭게 노려보지 말라고 하는 것 같았다.

하지만, 유미는 여지없었다.

"빨리 말해. 이게 무슨 일이야?"

"……."

"오하린, 잘 들어. 내가 여기, 너희 집에 안 왔던 기간은 일주일이야. 일주일 전까지만 해도 이 집에는 너랑 네 아빠 두 사람만 살고 있었어. 그런데 죽은 엄마가 저렇게 마트에 가다니. 이게 어떻게 된 거야?"

하린은 포기한 듯 가방에서 원시시대에나 쓸 것 같은 검은색 태블릿을 꺼냈다. 스크래치가 너무 심해서 액정 표면이 마치 솜털로 뒤덮인 듯 보였다.

유미는 태블릿을 살펴다가 하린을 노려보았다.

"니 거 아닌데?"

하린이 인강을 들을 때 사용하는 것은 최신형 2 IN 1 노트북이다. 360도로 젖히면 펜으로 사용하는 태블릿 PC가 되고 보통은 키보드 노트북으로 사용할 수 있다.

학기 초에 우울감을 없애주려고 하린 아빠가 사준 것이고, 유미 것도 사주시려는 걸 유미가 극구 사양했었다.

"설마 너!"

유미는 태블릿과 하린을 번갈아 노려보았다. 하린은 약을 안 먹으면 간혹 물건을 훔치기도 한다.

"아냐. 훔친 거 아냐!"

"그럼? 이 태블릿 뭔데? 니 거 아니잖아!"

하린이 간신히 입을 열었다.

"……빌렸어."

"누구한테?"

하린은 딴말을 했다.

"유미 짱, 이거…… 사람을 불러내는 태블릿이야."

"헛소리 그만하고 말해. 누구한테 빌렸냐고!"

"……도서관. 학교 도서관."

"뭐? 우리 학교 도서관?"

"응. 유미야. 이 태블릿, 있지, 엄청 신기하다. 태블릿 사진첩에 이미지를 넣으면 그 인물이 내 뜻대로 움직여."

유미는 잠시 멍해졌다.

"그게 아줌마랑 무슨 관계야?"

"이 태블릿에 죽은 엄마 사진을 넣으니까 엄마가 진짜로 나타났다고!"

하린을 한참 노려보던 유미는 하린 손에서 낡은 태블릿을 낚

아채 뒤집어 보았다.

제품 정보 스티커의 글자들이 다 지워져 버전을 가늠할 수 없었다. 스펙 정보를 찾아보니 2010년에 생산된 1세대 아이패드였고 와이파이 전용 모델이었다.

"일주일 동안이래."

태블릿을 살피던 유미가 고개를 들었다.

"아무 사진이나 넣으면 현실이 된다는 거야?"

"……응."

"그럼 손흥민 사진을 넣으면?"

"손흥민이 유미 짱 옆에 나타나겠지."

"그럼 넣어 봐."

"이미 엄마 사진을 넣어버린걸."

"한 번만 되는 거?"

"글쎄, 그렇지 않을까? 다른 사진들을 여러 번 저장해도 된다는 말은 못 들은 것 같은데?"

유미가 다시 눈을 부라렸다.

"못 들었다니, 누구한테서?"

"……6층 도서관에 있는."

유미 눈이 커졌다.

"학도 마녀?"

"응."

"학도 마녀한테서 받은 거야, 이 태블릿?"

"응."

학도 마녀는 6층 도서관 사서 선생님 별명이다.

학생들 모두 싫어하는 여자다.

두꺼운 뿔테 안경에 흰 가운 비스름한 옷을 입고, 쌍꺼풀 없는 눈으로 늘 사람을 찌르듯 노려보는 묘한 얼굴을 가졌다.

성질도 꽤 난폭하다.

생리통 때문에 좀 엎드려 있고 싶어 도서관에 가면 어김없이 다가와 등을 찌르며 내쫓는다. 그 여자가 왜 학교에 있는지 학생들은 도통 알 길이 없었다. 책을 큐레이션 하는 것도 아니고 책을 정리하는 일도 별로 없다. 예전 사서 선생님은 두 달에 한 번씩 책 배치를 바꾸고 아이들에게 추천 도서도 소개하고 그랬었다.

학교 짱인 나래는 교감 선생님이 술집 마담을 데려다 앉힌 거 아니냐는 말도 했다. 물론 믿을 수 없는 이야기지만.

아무튼 누가 붙였는지 모르지만 '학도 마녀'란 별명은 그 선생 생김새와 기가 막히게 어울렸다.

학도 마녀는 '학교 도서관의 마녀'라는 뜻이었다.

"학도 마녀가 이걸 너한테 왜 줘?"

"그날 있잖아. 할아버지 나무님 벤치에서 니가 나를 두고 가
버렸을 때⋯⋯."

하린 말은 이랬다.

혼자 남은 하린은 우수수 울어대는 할아버지 나무님이 무서
웠다고 한다. 게다가 굳은 피딱지가 떨어져 이마에서 다시 피가
났다. 하린은 다친 이마에 댈 밴드를 얻으려고 보건실에 갔다고
한다.

보건실에는 보건 선생님이랑 학도 마녀가 꼬깔콘을 먹으며
노닥거리고 있었다.

하린의 상처를 본 보건 선생님은 화들짝 놀랐고 이마를 소독
하고 밴드를 붙여주었다.

하린이 불행한 일을 겪은 아이이고 그 일 때문에 몹시 날카로
워져 있다는 걸 아는 보건 선생님은 등을 쓸어주며 집에 갈 때
까지 보건실에 누워 있으라고 했다.

하린이 침대에 누우려고 신발을 벗자 학도 마녀가 이렇게 말
했다고 한다.

"엄살 부리지 말고 교실로 돌아가. 그 정도 상처는 소독하면
그만이야."

"그러지 마세요. 이 아인 여기서 좀 안정을 취해야 해요."

보건 선생님이 학도 마녀를 말렸다.

학도 마녀는 보건 선생님 말을 무시한 채 하린을 노려보았다.

"어서! 교실로 돌아가서 공부해. 그리고 너, 이따가 수업 마치고 도서관으로 올라와."

너무도 강경한 말투에 하린은 학도 마녀의 뜻에 따를 수밖에 없었다고 한다.

수업이 끝나고, 하린은 유미 교실을 기웃거렸다.

먼저 유미한테 미안하다고 말할 참이었다. 하지만 유미는 보이지 않았다고 한다. 혼자 집으로 갈까 망설이던 하린은 학도 마녀의 차가운 눈빛이 잊히지 않아 6층으로 올라갔다.

짙은 노란빛의 여름날 오후.

열어놓은 창으로 체크무늬 린넨 커튼이 바람에 분주하게 흔들거리는 조용한 도서관 안에 학도 마녀 혼자 앉아 있었다.

하린은 사서 선생님 앞에서 한참을 울었다고 한다.

듣고 있던 유미가 놀라며 말을 막았다.

"울어? 그 여자 앞에서 울었다고?"

"응. 그냥 눈물이 펑펑 나더라고."

"돌아가신 엄마 이야길 했어?"

"응."

"그러니까 뭐래? 학도 마녀는?"

"가만히 있더라."

"별일이네."

학도 마녀는 한마디도 건네지 않고 하린 이야기를 들었다고 한다.

위로하는 표정도 없이.

본드가 붙은 것처럼 입술을 다물고 있어서 되려 책상 위에 있는 크리넥스를 써도 되냐고 물은 건 하린이었다. 학도 마녀는 뿔테 안경 너머로 두툼한 지방질 눈꺼풀을 조금도 움직이지 않았고 하린은 제 맘대로 크리넥스에서 티슈를 잔뜩 뽑아내 푸르릉, 코를 풀었다.

어색한 시간이 흘렀고 하린도 감정이 사그라들었다. 학도 마녀는 훌쩍이는 하린을 몹시 못마땅한 듯 바라보더니 한마디 했다.

"다 울었냐?"

"네."

학도 마녀는 빨리 끝내버려야겠다는 듯 서랍을 열어 무언가를 꺼냈다. 그리고 그 태블릿을 가지고 가라고 했다.

"던지듯 이걸 내밀고는 읽던 책으로 눈을 내리깔더라고."

"그래서 이걸 받아 왔다고?"

하린은 고개를 끄덕였다.

"그리고 이 태블릿에서 엄마가 나타났고?"

하린은 또 고개를 끄덕였다.

"엄마는 오늘 떠나."

"으아아아."

유미는 그제야 시선이 빙빙 돌만큼 어지러웠다.

그, 그렇다면!

내가 본, 방금 현관에서 마트 카트를 끌고 환하게 웃던 사람이 2년 전 돌아가신 하린 엄마가 맞다는 거야?

"엄마랑 일주일 동안 많은 이야기를 했어. 이제 엄마가 떠나도 난 괜찮아. 엄마가 그랬어. 이별은 같이 하는 거라고. 이제야 진짜로 슬퍼할 수 있고, 또 울고 싶을 때는 실컷 울 수 있을 것 같아."

2년 내내 정신적 고통을 감내하던 하린의 얼굴은 분명 달라져 있었다. 하린이 그 일주일 동안 유미를 찾지 않은 것도 이해가 됐다.

"그 학도 마녀, 무뚝뚝하지만 좋은 분인 것 같아."

하린은 그렇게 말하며 당근 케이크를 냠냠 먹었다.

장유미가 6층에 있는 도서관을 찾은 것은 그로부터 며칠 뒤였다.

도서관에는 책 읽는 학생이 아무도 없었다.

기역 자 모양의 책상에 등을 돌린 채 앉아 있는 학도 마녀는 모니터를 보느라 유미가 다가오는 것도 눈치채지 못하고 있었다.

모니터 화면에는 비행기에서 목에 끼우는 말굽 모양의 쿠션 사진이 쭉쭉 내려갔다. 목 받침 베개다. 학도 마녀는 그것을 주문하려고 검색 중인 모양이었다.

"……저기요."

유미 목소리에 학도 마녀가 고개를 들었다. 뿔테 너머로 눈이 흔들리고 있었다. 화들짝 놀란 게 분명해 보인다.

학도 마녀는 얼른 모니터를 끄고 유미 쪽으로 몸을 돌렸다.

학도 마녀는 터질 듯 상기된 눈동자를 감추고 예의 무표정한 얼굴로 유미를 바라보았다.

'무슨 용건이니?'라고 말하지 않더라도 뿔테 안경 너머에 박힌 가늘고 통통한 눈이 그렇게 묻고 있었다. 차갑고 냉철한 말투까지 묻어나는 눈빛. 참 묘한 눈빛이라는 생각이 들었다.

유미는 문득 겁이 났다.

내가 왜 여기 와 있지? 내가 지금 무슨 짓을 하는 건가, 싶기도 했다.

그래서 "저, 다음에 오겠습니……." 하고 꾸뻑 인사하고 돌아서려는데 뒤에서 중얼거리는 소리가 났다.

"아, 씨. 목이야."

돌아보니 학도 마녀가 목을 돌리며 끼기긱, 뼈 맞추는 소리를 냈다. 마치 조폭이 한번 싸우자며 목운동을 하는 모양새다.

화났나? 내가 방해해서 저러는 건가? 그렇게 생각하며 서 있는데 학도 마녀가 말했다.

"뭐야. 그렇게 와서는."

불쑥 나타나서 놀라게 하고는, 곧 아무것도 아니라는 식으로 돌아가 버릴 거면 그간 놀란 감정을 소모한 것을 책임지라는 소리로 들린다.

유미는 학도 마녀의 표정에서 정확한 의미를 읽어내려고 노력했다.

'뭐야? 내가 그렇게 잘못했나? 보통 학생이 찾아오면 반갑게 웃으며 용건을 묻는 게 정상 아닌가?'

이 선생님은 텅 빈 도서관에 혼자 앉아서 찾아오는 학생이 있으면 귀찮다는 듯 무표정하게 노려보기만 할 뿐이다.

쇼핑질이나 하고. 흥.

유미는 심술이 났다.

"저도 빌려주세요."

대뜸 말하고 말았다.

목을 돌리던 학도 마녀가 정지화면을 건 것처럼 멈췄다. 그리고 유미를 한참 동안 바라보았다.

의자에 앉은 학도 마녀 몸이 천천히 뒤로 기울어졌다. 거만한 사장님 포즈다. 학도 마녀는 코를 벌름거리면서 눈으로 말하고 있었다.

'빌려달라니, 뭔 소리냐, 그게?'

에잇. 몰라. 다 말하자.

"……태블릿 말이에요. 저도 빌려달라구요."

학도 마녀는 여전히 말이 없었다.

"사람을 불러낸다는 태블릿. 하린이한테는 빌려주셨잖아요."

학도 마녀는 또 눈으로 말했다.

'그게 왜 필요한데?'

"누굴 좀 불러내고 싶어서 그래요."

"누굴?"

학도 마녀가 처음으로 입을 열었다.

"토미 드래곤요."

학도 마녀는 자세를 바로 하더니 안경을 올리며 단정하게 앉았다.

"토미, 뭐?"

"토미 드래곤."

"그게 누군데?"

"톰즈의 멤버요."

"톰즈?"

"4인조 댄스그룹 '톰즈' 모르세요? 작년 봄에 아시아 어워드 올해 가수상, 틴 포이스 어워드 최고 해외 아티스트 부문 수상, 빌보드 순위 50위를 한 세계적인 댄스 그룹, 한류의 기린아, 4인조 댄스그룹 '톰즈' 말이에요."

"흠."

학도 마녀 눈이 네임펜으로 쭉 그은 듯 가늘어졌다.

유미는 톰즈의 멤버들을 설명했다.

"리더이자 남성미 담당은 '토미 크툴루' 오빠예요. 비주얼과 댄디함을 담당하는 것은 '토미 드래곤'이구요. 스마트한 이미지와 외국어를 담당하는 '토미 토토', 귀여움을 담당하는 막내 '토미 쫑'. 이렇게 톰즈는 네 명의 톰으로 구성되어 있어요. 사실 막내 이름은 토미 종인데 우린 토미 쫑이라고 불러요."

"……그러니까 아이돌을 불러내겠다고?"

"네."

유미는 당당하게 고개를 끄덕였다.

"토토즐……, 뭐라고?"

"톰즈요. 토토즐이 아니고. 저는 그 멤버 중 토미 드래곤을 불러내고 싶어요."

"······."

"······그 태블릿으로요."

학도 마녀는 이마를 긁어댔다. 황당하다는 표정.

"그러니까 네가 좋아하는 남자 아이돌을 불러내서 일주일간 데리고 놀고 싶다? 내 태블릿으로?"

유미는 가만히 듣고만 있었다.

"안 되나요?"

"너무 노골적이잖아. 작년에 죽은 강아지가 보고 싶다, 유명한 인강 선생님을 불러내 족집게 과외를 받고 싶다, 이순신 장군을 불러내서 총알을 맞고 돌아가셨냐, 화살을 맞고 돌아가셨냐 묻고 싶다, 그런 것도 아니고. 톰 토미라니."

"톰 토미가 아니고 토미 드래곤요. 댄디함을 상징."

"그래, 토미 드래곤."

몇 분의 정적이 지났다.

학도 마녀는 일어나서 창문을 열었다. 따뜻한 여름 바람이 밀려와 책상 위에 펼쳐놓은 자크 라캉의 책을 파다닥, 넘겼다.

이윽고 그녀는 유미를 돌아보며 말했다.

"좋아. 빌려줄게."

유미는 곧바로 기뻐할 수가 없었다. 학도 마녀 얼굴에 짓궂은 기대감이 퍼져 있는 것을 느꼈기 때문이었다.

"단, 조건이 있어."

"있을 것 같았어요."

"까불지 말고 들어. 주의사항이니까."

"네."

"돈은 안 돼. 태블릿에 지폐 사진을 넣거나, 누가 나오든 그에게 돈을 요구해선 안 돼. 금도, 다이아몬드도 지난주 당첨 복권도 마찬가지야."

"네."

"반드시 실존했던 존재여야 해. 죽은 이든 동시대에 존재하는 이든 그런 건 상관없어."

그 말에 유미의 이마가 살짝 구겨졌다. 선생님은 유미의 표정을 보더니 부연해주었다.

"그러니까 홍길동을 불러낼 순 없다는 거야. 토토로도 안 돼. 콩순이도 안 되고. 돌아가신 할아버지는 가능해. 현 미국 대통령도 가능. 오케이?"

"네."

"부를 때 주변 사람들이 어떻게 생각했으면 좋을까를 함께 고민해. 일단 불려 나오면 주변에서도 그의 존재를 전혀 이상하게 생각하지 않아."

"그러니까 제가 토미 드래곤을 불러내서 '너는 내 하인이다.'

라고 생각하면 당사자는 물론이고 우리 아빠, 내 친구들 전부 토미 드래곤을 내 하인으로 여긴다는 말이죠? 일주일 동안?"

학도 마녀가 눈을 동그랗게 떴다.

"그런데 진짜 하인으로 삼을 거야?"

옆으로 쪽 찢어진 눈이 그렇게 동그래질 수 있는지 오히려 유미가 놀랐다.

"아뇨. 그냥 제가 선생님 규칙을 잘 이해하고 있는지 확인하기 위해 예를 들어본 거예요."

"그래. 맞아. 불러낸 이는 니가 바라는 조건으로 존재하는 거야. 그리고 주변의 사람들은 그 조건대로 불려 나온 자를 보는 거고. 너, 국어는 잘하겠네."

"공부는 좀 하죠."

"또 까분다."

"죄송해요. 그러니까 딱 일주일 동안만 같이 있을 수 있는 거죠?"

"그래."

"그거면 됐어요. 어서 주세요."

"알아둘 게 하나 더 있는데?"

이번엔 유미가 눈을 동그랗게 떴다.

"뭔가요?"

"반납할 때는 네 얼굴 사진을 태블릿 안에 꼭 저장해놔야 해."

"그건 좀 찝찝한데요?"

"싫음 말고."

"하린이도 그렇게 했나요?"

"아무튼, 그게 이 태블릿을 사용하려는 사람이 지켜야 할 규칙이야. 싫으면 못 가지고 가."

"알겠어요."

선생님은 서랍에서 낡은 태블릿 PC를 꺼내서 선반에 놓았다.

"오늘이 금요일이니까 일주일 뒤에 가지고 와."

유미는 태블릿을 들고 일어났다.

태블릿을 안고 돌아서 저만치 가던 유미가 돌아왔다.

학도 마녀 눈이 동그래졌다.

"뭐야? 볼일이 남았어?"

태블릿을 가슴에 안은 유미가 사서 선생님을 빤히 쳐다보며 말했다.

"선생님도 '톰과 제니'에 가입하세요."

"톰과 제리?"

"톰과 제니요. 톰즈 팬클럽 카페 이름이에요."

학도 마녀가 심드렁하게 말했다.

"내가 왜 가입해야 하는데?"

"요술라 목 받침 베개를 검색하고 계셨던 거 아니었어요?"

유미는 학도 마녀가 모니터에 띄워 놓았던 베개 쇼핑몰을 언급했다.

"그걸 봤니?"

"네. 그 베개 엄청 좋아요. 베고 며칠 자면 척추 교정까지 되거든요."

"으흠. 그게 좋다는 평이 많더라. 그런데 그거랑 팬클럽 가입이랑 무슨 관계?"

"요술라 일렉트릭 목 받침 베개, 18만 원이죠? 그거 3만 원에 살 수 있어요. 우리 팬클럽 회원이면."

"뭐어?"

학도 마녀의 눈이 오늘 만나서 본 것 중 가장 크게 동그래졌다.

"우리 팬클럽 부회장 언니 아빠가 그 회사 사장이에요. 그래서 회원에게만 특별가로 3만 원에 팔아요. 재작년에 톰즈 오빠들이 '뮤직 중심'에서 처음으로 1위 했을 때 행사했던 건데 아직 물량이 남아 있어요."

"고, 고맙구나."

"포털사이트에서 '톰과 제니, 우리는 한 몸'이라는 카페를 검색하시면 돼요. 인터넷에 톰즈 팬클럽이 여러 개 있는데 우리가 진짜 공식이에요. 제니들이 다른 카페를 하나씩 정리하고 있긴

한데, 아무튼 그 목베개는 우리 카페에서만 제니들을 대상으로 행사해요."

"제니가 뭐지?"

"아. 톰즈 오빠들이 우리를 '제니'라고 부르거든요. 그러니까 톰즈 팬들을 제니라고 부르는 거죠. 아무튼, 일단 가입하시고 자기 소개란을 채우면 웬만한 정보는 다 열람할 수 있으실 거예요. 공지 사항 17번째 이벤트를 클릭하면 금발 등급부터 요술라 목베개를 구매할 수 있어요."

"금발?"

학도 마녀는 또 고개를 갸웃했다.

유미는 설명할 게 많아졌다. 잠시 숨이 차서 그렇지 늘 하는 일이다. 톰즈 팬클럽의 구성과 하는 일을 말하는 것은 어렵지 않다.

"카페에 가입하면 처음 등급은 '흑발'이에요. 승급하고 싶으면 '뮤직 뱅크'나 '뮤직 중심'에 순위 투표를 20주 동안 참가하면 돼요. 한 번도 빠지지 않고 투표한 스크릿 샷을 올리면 '은발'로 승급해요. 톰즈 오빠들이랑 주말에 실시간 채팅할 수 있는 등급은 '금발'부터예요. 금발의 제니는 톰즈 콘서트 티켓을 70퍼센트 할인된 가격에 살 수 있어요."

조목조목 설명하는 유미의 눈.

"베개 하나 사려고 20주 동안 순위 투표를 해야 하냐?"

"아니요. 선생님은 투표할 필요 없어요. 그냥 자기소개할 때 운영진 공개로만 설정해주세요. 그러면 제가 바로 승급시켜드 릴게요."

"넌 '금발'이니?"

"아뇨. 전 '사발'이에요."

학도 마녀가 눈을 동그랗게 떴다.

"사발? 사발은 또 뭔데?"

"전 운영진이거든요. 운영진은 전부 '사발'이에요. 톰즈 멤버 생일에 오빠들이랑 러브샷으로 사발에 콜라를 마실 수 있는 소 수의 제니들이에요."

"콜라? 맥주나 소주가 아니고?"

"잘 아시네요. 맞아요. 근데 소주는 아니구요. 맥주예요. 고등 학생도 맥주 정도는 마실 수 있잖아요."

"아무튼 고맙다."

유미는 학도 마녀에게 꾸벅 인사를 했다. 그러곤 마지막으로 이렇게 말했다.

"오늘도 잘했어요. 시작과 끝은 행복이란 말로 함께 마무리 지어요. 여름 수증기처럼 떠다니는 금발로!"

학도 마녀는 살짝 입이 벌어졌다. 유미가 윙크했다.

"외워두세요. 제니들끼리 만나면 하는 인사예요. 그럼 이 태블릿 잘 쓸게요. 주말 잘 보내세요, 선생님."

유미는 책상 위에 올려놓은 태블릿을 한참 바라보았다.

꿀꺽, 침을 삼켰다.

결심한 듯 태블릿을 켰다.

해상도 좋은 토미 드래곤의 사진이라면 카페에서도 다운로드할 수 있지만 유미는 자기 책상 위에 놓아둔 액자에서 토미 드래곤 사진을 꺼냈다.

토미 드래곤의 전신이 찍힌 A6 크기 브로마이드이다.

그 사진을 책상에 놓고 태블릿 PC의 내장 카메라로 찍어 저장했다.

태블릿 화면에 토미 드래곤의 사진이 가득 들어찼다.

흰 피부에 맑은 눈동자로 웃고 있는 남성 댄스 그룹 '톰즈'의 멤버 토미 드래곤의 얼굴을 보고 있자니 유미는 그만 눈물이 날 뻔했다.

얼마쯤 기다려도 반응이 없었다.

'학도 마녀가 사진을 그냥 화면에 띄우면 된다고 했는데.'

간절한 소망이 필요한 모양이다.

유미는 두 손을 모으고 기도했다.

'우리 집에 토미 드래곤이 살게 해주세요. 토미 크툴루, 토미 토토, 토미 종 말구요, 꼭 토미 드래곤이어야 해요. 토미 드래곤이 우리 집에 나타나면 우리 아빠도 아무렇지 않게 돌아온 우리 가족으로 여기게 해주세요. 아빠와 나, 토미 드래곤, 이렇게 우리 셋이 일주일 동안 행복하게 지내는 것이 제 소원입니다. 끝!'

눈을 떴다.

방을 둘러보았다.

아무도 없다.

태블릿 화면에는 여전히 드래곤의 얼굴만 가득.

에잇.

유미는 그럼 그렇지,라는 생각이 들었다.

믿었던 내가 바보지.

태블릿에 사진을 띄우면 그 사람이 내 옆에 나타난다고?

흥.

학교에 가면 학도 마녀에게 이 더러운 태블릿 PC를 던져주고, 하린 아빠에게도 전화해서 약을 바꿔보라고 말해야겠다고 생각했다.

"아, 배 아파."

유미는 서랍을 열고 생리대를 꺼내 방을 나가 욕실로 갔다.

욕실 문손잡이를 잡았을 때.

문 닫힌 욕실 안에서 물 내려가는 소리가 들리고 유미가 손잡이를 잡아당기지 않았는데 화들짝, 문이 열렸다.

"으아악!"

유미는 너무 황망해서 눈을 감고 그대로 주저앉았다.

욕실 안은 수증기가 뿌옜고 거기서 막 나온, 반바지 차림의 젊은 남자.

긴 허리와 유려한 어깨에는 물이 뚝뚝 떨어지고 있다. 멋지게 젖은 머리카락을 흔들며 남자가 물었다.

"괜찮아요?"

정신 차리고 보니 맙소사, 토미 드래곤이 위에서 내려다보고 있다. 천장만큼 큰 키의 맨 꼭대기에 달린 하얀 얼굴이 4D 영화처럼 내려다보며 웃고 있다.

유미의 액자 속 토미 드래곤의 모습 그대로다.

'으아악. 지, 진짜다!'

새로 산 스마트폰 액정보다 더 반질반질한 그의 얼굴이 다가오더니 희고 긴 손을 내밀었다.

"자, 일어나요."

유미는 손을 내밀지 않았다. 엉덩이를 끌며 얼마쯤 뒤로 움직인 다음 혼자 일어났다. 토미 드래곤의 선명한 턱선이 유미의 움직임을 따라 천천히 움직였다.

"……드, 드래곤? 정말 드래곤?"

"네. 제가 드래곤이에요. 샤워하고 나왔는데, 그쪽이 거기 서 있어서 저도 놀랐어요."

그가 미소지었다.

"으아악. 지, 진짜 드래곤이야!"

"후후. 우리 인사할까요."

토미 드래곤은 제니들이 하는 톰즈식 인사를 했다.

눈을 마주보고,

"오늘도 잘했어요. 시작과 끝은 행복이란 말로 함께 마무리지어요. 여름 수증기처럼 떠다니는 금발로!"

유미도 마주 보고 더듬더듬 인사했다.

"……오, 오늘도…… 잘했어요……. 시……작과 끝은…… 해, 행복이란 말로…… 여름…… 수증……기…….."

그러자 드래곤이 살포시 유미를 껴안았다.

"눈물 싹! 위로 빵!"

보너스처럼 토미 드래곤만의 마무리 인사.

팬클럽 제니들이 톰즈에게 고민거리를 풀어놓으면 톰즈는 각자의 방식으로 제니들을 위로해준다.

리더인 토미 크툴루는 "인생은 길어. 그런 건 개나 줘!"라고 남자답게 마무리 인사를 한다. 무척 거친 말투지만 그 속에 따뜻함이 묻어 있다. 그래서 크툴루의 별명은 '탄산 크툴루'다.

토미 드래곤은 다정한 눈으로 "눈물 싹, 위로 빵!"이라고 말해준다. 다른 사람이 한다면 오글거릴 수도 있는 말이지만 드래곤이 하면 다르다. 목소리가 너무 감미롭기에 드래곤이 이 시그니처 멘트를 날리면 제니들은 전부 사르르 녹을 수밖에 없다. 그래서 드래곤은 별명이 '슈가 드래곤'이다.

물론 '치킨 박사'라는 별명도 있고.

"으아아아."

유미는 정신을 차릴 수 없었다. 정말 이해할 수 없는 일이 일어났다. 일주일 동안 그룹 톰즈의 토미 드래곤이 가족이 되게 해달라는 소원, 그 소원이 정말로 이루어진 것이다.

드래곤은 유미 방을 둘러보았다.

"음, 온통 토미 크툴루 사진뿐이네요."

그랬다.

사실 유미 방에는 토미 드래곤이 아닌 톰즈의 리더 토미 크툴루의 사진이 더 많았다.

드래곤의 사진은 책상 위의 올려둔 액자 사진 하나뿐이다.

"그, 그게요."

유미가 머뭇거리자 드래곤은 하얀 이를 내보이며 웃었다.

"후후, 당신은 나보다 크툴루 형을 좋아하나 봐요? 하지만 걱정하지 않아요. 곧 나의 매력에 빠질 거니까요."

"아니요. 그게 아니고 저, 전, 제 최애는 드래곤이에요. 드래곤인데……."

유미가 변명거리를 찾으려고 눈을 이리저리 굴렸다.

바라보는 드래곤이 고개를 갸웃하며 다음 말을 기다렸다.

"아, 사실은 처음에는 크툴루를 제일 좋아했는데, 지금은 드래곤으로 넘어왔어요."

"그렇구나. 후훗."

"저기요, 드래곤."

드래곤이 흰 얼굴로 유미를 바라보았다.

"네?"

"그, 그러니까. 일주일간 우리 식구가 된 거 맞죠?"

"후후, 이미 한 식구 아닌가요?"

이힛.

꿈이 아니었다. 마법은 진짜였다. 진짜로 토미 드래곤이 그렇게 여기고 있었다.

"그럼 나한테 아까 그 마무리 인사, 다시 해봐요!"

유미가 부탁하자 그는 유미를 살포시 안았다.

'으아아, 진짜다. 진짜 나를 안았다.'

드래곤은 유미 숨을 일순간 멎게 한 뒤 속삭였다.

"눈물 싹! 위로 빵!"

으아아아.

드래곤과 유미는 동갑이었다. 서로 존대하는 게 번거로워서 둘은 말을 편하게 하기로 했다. 유미가 제안했고 드래곤은 흔쾌히 수락했다.

말을 놓으니 진짜 남매 같은 느낌이 들었다.

드래곤은 익숙한 듯 북악 의자에 앉아 먼 산을 바라보았다. 북악 의자란 유미 가족이 붙인 이름이다.

유미네 한옥 거실에는 넓은 창이 있다.

몇 해 전, 건축가인 유미 아빠가 한옥을 개조하면서 벽면의 반을 뚫고 그 자리에 넓은 직사각형 모양의 단열 창을 냈는데 그 창에서 보면 경복궁 근정전 기와 너머로 높게 솟은 북악산 능선이 한눈에 보인다. 유미네 한옥은 북촌의 가장 높은 곳에 있었기에 그런 전망이 나올 수 있었다.

아빠는 그 창 앞에 긴 원목 테이블 바를 만들고 키가 큰 나무 의자를 만들었다. 그 의자 이름이 바로 북악 의자였다.

거기 앉아 있으면 마치 하늘을 날아오르는 비행기 조종석에 앉은 기분이 들었다. 북악 의자라는 이름을 붙인 건 유미 남동생이었다.

아빠는 비가 오면 거기 앉아 직사각형 통창으로 보이는 전경을 보며 찐 두부에 소주를 드셨고 유미는 라면을 먹었다.

유미 남동생이 유독 그 자리에 앉아 있기를 좋아했는데 그 아이는 기타를 안고 줄을 몇 번 퉁기다가 한참 동안 슬프게 저 산을 바라보곤 했다.

드래곤이 창을 보며 환호했다.

"우와, 여기서 궁궐 지붕이 다 보이네! 저기서 톰즈 공연도 했었는데."

재작년에 톰즈가 빌보드 차트 50위를 한 기념으로 경복궁에서 뮤직비디오를 찍었다.

고궁에서 한 촬영이라 제니들은 가서 볼 수 없었지만, 유미는 이 북악 의자에 앉아서 조명이 번쩍거리는 밤하늘을 보며 가슴이 두근거렸다.

"전망 좋지? 이히."

"그러네. 정말 좋은 집이야."

토미 드래곤은 귀에 무선 이어폰을 꽂더니 창 너머로 눈을 멀리 두고 어깨를 한들거렸다. 북악 의자에 앉아서 마치 자기 집인 양 창을 바라보고 있는 드래곤의 길고 호리호리한 등이 신기하고 반가웠다.

'진짜 신기한 일이 벌어졌어!'

저녁이 되자 아빠는 도면을 잔뜩 들고 피곤한 표정으로 들어오셨다. 요즘 인근의 한옥을 수리하는 프로젝트를 진행 중인 아빠는 걱정을 일로 잊으려는 듯 바쁘게 지냈다.

유미와 드래곤이 현관에서 아빠를 맞았다.

유미는 아빠 얼굴을 가만히 지켜보았다. 새로 가족이 된 드래곤을 보고 아빠가 어떻게 받아들이나 궁금했기 때문이다.

아빠는 드래곤을 보자마자 눈을 번쩍 떴다. 놀랐다기보다는 반가운 기색이었다. 마치 한 달 정도 여행 갔다 돌아온 아들을 본 것처럼 기분 좋은 목소리였다.

"오호, 드래곤 왔구나!"

아빠는 드래곤을 원래부터 함께 산 사람처럼 대하고 있었다.

"안녕하세요, 아빠."

드래곤도 아빠를 가족처럼 대했다.

유미는 안도의 한숨을 내쉬었다. 누군가를 불러내면 내 주변의 타인들도 그 사람을 내 바람과 똑같이 대한다는 학도 마녀의 설명과 일치했다.

아빠는 다짜고짜 냉장고를 열며 외쳤다.

"드래곤, 우리 오랜만에 북악 의자에 앉아서 맥주 한잔 어때?"

"저, 아직 고등학생인데요."

"아하. 그렇지. 하하하. 그럼 유미랑 드래곤은 사이다, 아빠는 맥주, 어떠냐? 콜?"

"네! 좋아요!"

유미와 드래곤은 동시에 소리쳤다.

유미는 기뻤다. 정말이지 이런 신기한 일이 집에서 일어나다니. 이 마법이 일주일간 계속될 거라 생각하니 유미는 설렜다.

"유미야, 치킨 시켜. 아빠는 양념으로 밥 비벼 먹는 그거!"

"와우, 저는 이 세상에서 치킨이 제일 좋아요!"

"그러냐?"

"네. 치킨, 닭가슴살, 삼계탕. 없어서 못 먹어요. 이봐, 제니. 톰즈에서 내 별명이 치킨 박사인 거 알지?"

"응. 알아."

"거, 잘됐구나. 저 자리에서 북악산을 바라보며 먹는 치킨 맛, 최고다."

"그럴 것 같아요. 야호!"

배달 온 치킨은 맛있었다.

유미와 드래곤은 레몬즙을 넣은 얼음이 가득 든 사이다를, 아빠는 병 표면에 물방울이 송골송골한 맥주를 마셨다.

"이 창으로 밖을 보니 정말이지 하늘로 올라가는 것 같아요!"

"이 집은 실제로 용이 잠자던 곳이란다."

아빠는 드래곤에게 이 집을 고칠 때 마당에서 발견된 청동용 이야기를 했다.

"아휴. 아빠, 또 그 소리!"

아빠는 손님이 올 때마다 그 이야기를 한다. 유미가 말렸지만 아빠는 아랑곳없다.

사실 그건 실제 있었던 일이었다. 유미도 같이 봤다.

마당에서 유미 다리만 한 묵직한 용 동상이 나왔었다. 땅에서 녹이 슬어 청동은 옥빛으로 바랬다.

유미네 한옥은 구한말 김옥균과 함께 갑신정변에 참여한 분이 살던 집이라고 했다.

"문화재 관리청에서 그 용을 감정하러 왔다니깐!"

"우와, 그래서요? 용을 어떻게 하셨어요?"

"그래서 뭐, 그냥 문화재청에 기증했지."

유미는 그런 아빠의 결정이 마음에 안 들었다.

"팔면 꽤 돈이 될 텐데. 흥."

유미가 흥흥거리자 맥주 때문에 얼굴이 벌겋게 변한 아빠는 큰 목소리로 말했다.

"그런 건 파는 게 아니야. 귀한 용이라잖아. 경회루 연못에서 발견된 용과 비슷한 것이라고 하니 나라에 기증하는 게 당연하지!"

그러자 유미가 못마땅한 듯 말했다.

"나는 그 용을 어디 줘버리는 건 찬성이지만 돈은 받아야 했다고 생각해요. 아빠가 너무 선심 쓰셨다구요!"

드래곤이 물었다.

"용이 묻혀 있던 이유가 뭘까요?"

아빠는 어깨를 한번 으쓱했다.

"뭐, 별 건 아니고. 문화재 감정위원인가 하는 그 교수님 말로는 이 집터에 무슨 문제가 있어서 용을 묻었을 거라고."

사실일지도 모른다.

그 교수는 청동 용을 감정하면서 귀한 집에서 굉장히 비싸게 제작해서 묻은 것으로 추정했다.

그 이유를 물어보니 "아마도 북악산의 지기가 이 집에서 끊겨서 이 터에 사는 사람들이 해를 입는 것을 막기 위해서가 아닐까 싶어요."라고 말했다.

그 교수는 그것을 비보풍수神補風水라고 했다. 비보는 도와서 모자람을 채우는 것을 뜻한다. 교수는 자신의 말에 신빙성을 보태려는 것인지, 여러 말을 덧붙였다.

"비보는 미신이라고 치부할 수 없습니다. 우선 사람의 심리가 안정되는 효과가 있지요. 안 좋은 기운이 있는 땅에 용을 묻어서 액을 막는 것은 조상의 지혜라고 볼 수도 있습니다. 비보는 여러 방식이 있어요. 어딘가 약한 곳이 있으면 그 약점을 보완

하는 이름을 새로 붙여 부르기도 하지요."

유미네 가족은 교수에게 이 집터가 그렇게 안 좋은 곳이냐고 물었고 교수는 '가족이 헤어질 수 있는 터'라고 솔직하게 말해 주었다.

교수는 조선시대에 이 집터에 살던 양반의 가족도 그랬을 테고 그 집주인은 액운을 막기 위해 마당에 용을 묻지 않았을까, 하고 추측했다.

그때 유미 엄마 얼굴에는 근심이 스쳤다. 그런 말을 듣고 기분 좋을 사람은 없다.

엄마는 그 말을 듣는 즉시 용 석상을 원래 자리에 도로 묻자고 말했고, 아빠는 미신이라며 대수롭지 않게 여겼다. 교수 역시 한번 발굴된 문화재는 나라에 기증하는 게 좋고, 또 땅속에서 한번 나온 물건은 다시 묻어 봤자 효험이 없다고 했다. 대신 교수는 부모님에게 청동용을 대체할 만한 다른 방식의 비보를 제안했다.

유미네 가족은 미신을 믿지 않지만 지금 생각하면 그 교수의 말이 맞았다고 생각한다.

그 일이 있고 얼마 지나지 않아 엄마와 아빠가 헤어졌으니까. 엄마와 남동생은 이제 이 집에 살지 않는다.

아마도 엄마와 남동생을 만나지 못한다는 것이 아빠한테는 큰 상처로 남았던 게 분명하다. 아빠의 기억력이 점점 떨어진 것은 그 일이 있고부터다. 유미가 옆에 있지만 아빠는 늘 두 사람을 그리워했다.

아빠는 여전히 손님이 오면 이 이야기를 자랑스럽게 말한다.

"하하하. 상관없어. 마당에 묻힌 용은 비록 사라졌지만, 우리 집에 자네가 들어왔잖아!"

아빠는 토미 드래곤의 어깨를 툭, 툭 두드렸다.

집은 모처럼 웃음이 피어나고 있었다.

아빠는 연신 어깨를 흔들었고 팔을 벌려 유미와 드래곤의 어깨를 잡고 함께 흔들었다. 별이 보이는 커다란 창 아래에서 아빠는 자신이 알고 있는 아재 개그를 전부 풀어놓았다.

아빠는 입을 삐쭉거리는 유미에게도 웃으라고 옆구리를 폭 찔렀고 그러면서 혼자 또 기분이 좋아 연신 어깨를 들썩였다.

유미는 아빠 눈에 유독 맑고 깨끗한 것이 고여 있는 것을 보았지만 모른 척했다. 늦은 밤이 되었고 아빠는 취기에 비틀거리며 큰방으로 들어갔다.

유미는 드래곤이 잘 방을 안내했다.

"이 방에서 자면 돼."

그 옛날 남동생이 쓰던 방이었다.

아빠는 기타 치기를 좋아하던 남동생을 위해 계자난간이 멋스레 이어진 별당을 내주었다. 원래 아빠가 서재로 쓰려고 만든 방이었지만 엄마와 유미가 기타 소리에 방해받지 않도록 가장 떨어진 방을 마련해준 것이다.

"이 방, 유미 남동생 방이니?"

"응. 지금은 비었어. 편하게 써."

토미 드래곤은 방 안을 둘러보았다.

방은 깨끗했지만 사용한 흔적은 없다.

장롱과 책상, 그리고 기타 하나와 빈 옷걸이만 덩그러니 놓여 있다.

"미안해. 한옥이라 침대는 없어. 내 방에는 침대를 둘 수 있지만 여긴 내 방보다 작아서. 대신 이 창문으로 남산이 훤히 보인다? 볼래?"

유미는 커튼을 열어주었다. 구름이 흘러가는 푸른 밤하늘 너머로 남산타워의 불빛이 깜빡인다.

그는 창을 보지 않고 방 안을 쓸쓸히 둘러보았다.

드래곤는 영리한 친구였다. 유미 남동생이 이 집에 살지 않는다는 것을 눈치챈 모양이지만, 그 이유를 묻지 않았다.

유미는 엄마가 아빠를 버리고 떠났다고 솔직하게 말했다. 청동 용 이야기도 맞았다고 말해주었다.

커튼을 열어주고 돌아서는데 드래곤이 다가와 유미를 뒤에서 천천히 안았다.

"눈물 싹, 위로 빵!"

토미 드래곤만의 위로 인사.

그날 밤 유미는 정신없이 잠들었다. 너무 긴장되고 피곤한 하루였다.

다음 날.

유미가 일어나 보니 남동생 방에는 아무도 없었다. 전날 밤 그에게 펴주었던 이불도 원래대로 장롱에 개켜져 있다.

유미는 어제 일이 꿈인가 싶었다.

어제 태블릿에서 토미 드래곤이 나왔고 아빠와 대화도 나누었고 눈물 빵 위로도 해줬다. 그런데 아침이 되자 흔적도 없이 사라졌다.

'그럼 그렇지.'

이상하리만치 생생했지만, 그런 일이 벌어질 리가 없다.

그런데!

식탁 위에 놓인 포스트잇을 본 유미는 입이 크게 벌어졌다.

사랑하는 나의 제니.
나 아빠랑 낚시 다녀올게.
어쩌면 밤늦게 올 거야.
잘 있을 수 있지?
혼자 있더라도 나를 생각해.
눈물 싹, 위로 뿅!

으아악.

드래곤의 메모였다.

삐뚤빼뚤 초등학생이 쓴 것 같은 못생긴 글씨는 분명 카페에서 본 토미 드래곤의 필체다.

'꿈이 아니었어. 진짜 토미 드래곤이 우리 집에 왔던 거였어!'

그가 정말 집에 왔었다는 기쁨도 잠시. 유미는 화가 치밀어 올랐다. 아니, 안심이 되자 슬슬 마음에 있던 감정이 올라왔을지도 모른다.

아빠는 그새 그를 데리고 낚시를 간 거였다. 황금 같은 일주일에서 하루를 빼앗겼다. 이유는 알 것 같기도 하고 모를 것 같기도 하다.

아빠와 드래곤은 해가 지고도 한참 후에 돌아왔다. 경기도 인근의 사설 낚시터에 다녀왔다고 했다. 아빠와 드래곤은 붕어 이야기로 여전히 시끌벅적했지만, 유미는 뚱하게 식탁에 앉아 넷플릭스만 보고 있었다.

드래곤이 유미 귀에 꽂힌 이어폰을 빼고 얼굴을 가까이 댔다.

"제니, 뭐 보고 있어? 재밌는 거야?"

유미는 드래곤의 손에서 이어폰을 확 빼앗았다.

"화났구나?"

유미는 들은 척도 안 하고 화면만 바라봤다.

"하하하. 드래곤. 자기만 빼놓고 우리 둘이 낚시 갔다 왔다고 저렇게 삐친 거야. 하하하."

아빠의 웃음에 유미는 벌떡 일어나 방으로 들어갔다. 드래곤이 따라 들어왔다. 드래곤은 뒤에서 유미를 살포시 안았다.

"눈물 싹, 위로 빵!"

유미가 눈꼬리를 치올렸다.

"야. 내 몸에 함부로 손대지 마!"

"왜 그래? 그냥 톰즈 허그인데? 좋아했잖아."

"뭐래? 씨. 집에서는 톰즈인 척 안 해도 돼. 느끼해!"

유미의 말에 드래곤은 담담하게 서 있었다. 유미도 말이 심했다고 생각했다. 드래곤이 안아주면서 대뜸 그런 말을 하자 어색해졌던 건지도 모른다.

사실 느끼했다. 아빠랑 이야기할 때도 여러 번 느끼했다.

드래곤은 아빠가 말할 때마다 "아, 진짜요?", "우와, 그래요?", "짱!" 따위의 대응어를 내질렀다.

한 번이면 족한데 드래곤이 자꾸 가식적인 멘트를 하니 거부감이 밀려왔다. 집이어서 그런가? 영상에서, 콘서트장에서 그런 모습을 볼 땐 한없이 멋졌지만, 집 안에서 그러니 온몸이 오그라든다고 할까.

가만히 보면 톰즈의 위로는 가식이다.

제니들의 아픔을 제대로 이해하고 그런 말을 하는 것일까. 인공지능 컴퓨터가 주인공 남자를 위로하는 영화를 본 적이 있다. 주인공은 인공지능 컴퓨터에게 "니가 정말 내 마음을 이해하고 그런 위로를 하는 거냐."라며 반문했던 장면이 떠올랐다. 유미도 딱 그런 마음이었다.

"유미, 내 인사가 유치해?"

유미는 입을 삐쭉거렸다.

"앞으로 하지 마. 그거 은근히 유치해."

"왜? 위로해주는 건데?"

"위로? 위로는 진심으로 상대를 이해한 후에라야 나올 수 있는 행동이야."

"이게 얼마나 잘 먹히는데."

"그게 문제라고. 그건 정신연령 낮은 애들한테나 먹히는 거지. 넌 상대를 이해하려 들지 않잖아. 영혼 없이 멘트만 쳐도 팬들이 꺅꺅거리니까 그걸 진짜라고 믿는 거야?"

"무슨 말이 그래? 제니, 난 슈가 드래곤이라고. 원래 이렇게 말해야 한다고."

"그래서 니가 토미 크툴루 오빠보다 인기가 없는 거야!"

드래곤이 유미를 물끄러미 바라보았다.

유미도 갑자기 드래곤한테 역정을 내는 자신을 이해할 수 없었다. 하지만 화가 나는 걸 어떡해. 하루하루가 지날수록 더 화가 날 것이다. 유미는 그걸 알고 있다.

한참 만에 유미가 말했다.

"미안. 크툴루 오빠랑 비교해서."

토미 드래곤은 다시 유미를 포근하게 안았다.

"하하. 괜찮아. 오늘도 잘했어요. 시작과 끝은 행복이란 말로 함께 마무리 지어요. 여름 수증기처럼 떠다니는 금발로!"

태블릿을 빌린 지 나흘째.

유미는 일어나자마자 톰즈의 문자 투표 사이트를 열었다. '추억의 아티스트'라는 이름이 붙은 사이트였다. 유미는 편의점 커

피를 쫄쫄 마시며 열심히 마우스를 클릭했다.

"히히. 운영진은 이런 거 하면 안 되는데 요즘 실적이 저조하니 참여해줘야겠지!"

그때!

"우리 제니, 누구에게 표를 줄 거야?"

어깨 너머로 나타난 드래곤 얼굴! 유미는 토미 크툴루에게 누르려던 마우스에서 얼른 손을 뗐다.

"아씨, 뭐야!"

드래곤이 난데없이 얼굴을 들이밀고 유미 노트북 화면을 바라보자 유미는 놀라기보다 화가 치밀어올랐다.

함부로 유미 방에 들어온 것도 못마땅했고 유미의 노트북 화면을 들여다보며 슬금슬금 웃는 모습도 능글맞았다. 그 웃음은 자신에게 투표해달라는 무언의 압박 같았다.

"어서 눌러. 제니는 나를 선택할 거잖아."

드래곤은 그렇게 말하며 하얀 이를 드러냈다.

유미가 코를 막으며 인상을 구겼다.

"야. 너 입에서 냄새나. 욕실 가서 양치해."

드래곤은 그 말을 듣고 물끄러미 바라보다가 갑자기 제 얼굴을 유미 코에 갖다 대고 "햐~." 하며 입 냄새를 강하게 풍겼다.

유미는 기겁하며 으아악, 바닥으로 넘어졌다. 드래곤는 회심의 미소를 지으며 이겼다는 듯 어깨를 펴더니, "냄새가 어디 난다고 그래?" 하며 손바닥으로 제 입 냄새를 맡았다.

그러다 금세 이맛살을 찌푸렸다.

"으아. 정말이네. 양치해야겠다."

유미는 반바지 속에 손을 넣고 엉덩이를 북북 긁적이며 욕실로 가는 드래곤의 뒷모습에 대고 이를 갈았다.

다음 날 점심때쯤 아빠는 도면을 잔뜩 안고 차에 올랐다.

"나, 간다이. 둘이 밥 잘 챙겨 먹고 사이 좋게 지내."

아빠는 드래곤에게 유미를 잘 부탁한다는 눈빛으로 윙크하며 부르릉, 시동을 걸고 언덕길을 내려갔다.

유미와 드래곤은 노트북을 열고 영화 '어바웃 타임'을 보며 칼국수를 시켜 먹었다. 유미는 영화를 보며 엉엉 울었고 소파에 함께 앉아 있던 드래곤은 유미의 훌쩍거림을 일부러 모른 척했다.

유미가 눈을 흘기며 말했다.

"뭐냐? 눈물 싹, 위로 빵! 안 해줘?"

"하지 말라며?"

"바보. 이럴 땐 해주는 거야!"

그제야 드래곤은 유미를 살포시 안으며 "눈물 싹, 위로 빵!"을 해줬다.

드래곤이 콜라를 찾았다. 더운 날 뜨거운 칼국수를 먹었으니

시원한 음료수가 당기는 것 같았다.

드래곤은 냉장고를 뒤지기 시작했다. 유미는 머리가 떡진 채 헝클어진 그의 뒷모습을 보며 조물, 입술을 깨물었다. 언제부턴가 그가 하는 모든 행동이 별로였다.

콜라 캔을 따며 다가오는 드래곤에게 한마디 쏘았다.

"콜라? 그건 크툴루 오빠가 마셔야 멋지지. 탄산 크툴루니까."

"후후. 콜라에는 설탕이 많잖아. 그러니 나지."

"크툴루 오빠 때문에 탄산에 중독된 제니들이 얼마나 많은데. 하지만 드래곤 때문에 설탕에 중독된 제니는 없다고 들었다."

"중독된지 모를 뿐이지. 설탕 없으면 못 살걸? 그러니 그 비교는 애초에 성립되지 않습니다. 크어억."

제니는 트림하는 드래곤을 물끄러미 바라보았다. 아무리 비꼬아도 드래곤은 능청스레 받아준다. 유미가 툭툭대는 게 전혀 먹히지 않았다.

유미가 노려보았다.

"너, 아주 능글맞아졌다?"

"우린 식구잖아."

유미는 피, 하며 고개를 돌려버렸다.

"아, 덥다. 샤워나 해야겠다."

드래곤은 홀러덩 셔츠를 벗었다. 유미는 넷플릭스 영화를 검색하는 척했다. 넓은 어깨와 알맞은 가슴 근육부터 판판하게 휘어진 배까지, 드래곤의 상체는 기울어진 조각배같이 늘씬했다. 헐렁한 체육복 바지 안으로 봉곳 솟은 엉덩이가 예전에 남동생이랑 아빠랑 올라갔던 제주도 오름처럼 보였다.

드래곤은 긴 다리를 슬슬 끌며 욕실로 들어갔다.

"보일러 틀어도 되지? 난 여름에도 따뜻한 물로 샤워해야 해서."

탁.

욕실 문이 닫히자 유미는 그제야 얼굴이 빨개졌다.

"제니, 수건 좀 줄래!"

칼국수 그릇을 설거지해서 재활용 통에 넣고 있는데 욕실에서 부르는 소리가 들렸다.

유미는 헐레벌떡 달려가 욕실 앞에 섰다. 침을 한번 꿀꺽 삼키고 욕실 문을 두드렸다.

문이 비스듬히 열리고 드래곤의 얼굴이 나왔다. 길고 굵은 목에서도 물기가 뚝뚝 떨어졌다. 머리는 송곳을 박아놓은 듯 칼칼이 젖어 있었다.

새 수건을 내밀었다.

"……여기."

"고마워, 제니."

드래곤이 윙크했다.

"아 참. 그런데 제니, 욕실에 보조 배터리가 있네. 물에 젖으면 안 돼. 자, 담부터 여기 두지 마."

드래곤는 스마트폰 보조 배터리를 내밀었다.

변비인 유미가 오랫동안 앉아 있을 때 충전하며 폰을 보려고 욕실 선반에 가져다 둔 것이었다.

그 배터리는 남동생이 쓰던 거였다.

유미와 남동생은 똑같은 스마트폰을 사용했다. 덜렁거리는 유미는 일찌감치 보조 배터리를 잃어버렸고 남동생이 집을 떠난 뒤 남은 그것을 유미가 사용했다. 유미는 스마트폰을 충전할 때마다 남동생 생각을 했다.

욕실 문이 닫히고 유미는 한참을 그 자리에 서 있었다. 유미는 보조 배터리를 가슴에 품듯 안았다. 드래곤이 건네준 흰색 배터리 전선에 물기가 남아 있었다.

저 자식, 어떨 땐 밉상으로 보이다가 또 어떨 땐 사람의 마음을 콩닥콩닥 뛰게 한다. 참 희한하다고 생각했다.

샤워를 끝낸 드래곤이 욕실 문을 열었다. 자욱한 연기가 훅, 밀려 나왔다.

"어맛!"

유미는 놀라 얼른 돌아섰다.

드래곤은 아무렇지도 않은 듯 수건으로 몸 아래만 가리고 욕실에서 나왔다. 드래곤이 지나갈 때 시원한 샴푸 냄새가 났다.

"야! 옷도 안 입고 나오면 어떡해?"

돌아선 유미가 눈을 감고 소리쳤다.

"가족인데 뭐 어때."

드래곤의 오뚝한 코에서 여전히 물이 떨어지고 있었다. 젖은 머리카락은 한들거렸다.

"……가족?"

가족이란 말에 유미는 눈을 떴고 가만히 입을 닫았다.

고개를 돌렸다.

젖은 드래곤이 서 있었다. 드래곤 얼굴을 바라보던 유미가 저도 모르게 시선을 조금 떨궜다. 용기 내어 드래곤 몸을 보았다. 호리호리하지만 단단한 가슴이 판판해 보였다. 하체를 가린 수건 아래로 무릎과 종아리가 보였다. 꽃미남답지 않은 젖은 털이 줄줄 붙어 있었다.

유미는 남동생이 생각났다. 남동생 종아리에도 저렇게 어른처럼 털이 나기 시작했었다. 그걸 놀리며 까르르 웃던 때가…….

"비켜."

"어라? 제니도 욕실 쓰려구? 그래, 아직 물 따뜻하니까 제니도 샤워해."

"됐어! 니가 어지럽힌 욕실, 청소하려고 그런다. 비켜!"

드래곤은 유미가 욕실에 들어갈 수 있게 옆으로 물러났다. 그러고는 자기 방으로 들어갔다. 유미가 고개를 빼 방으로 돌아가는 드래곤을 바라보았다.

온수 전용도 안 누른 채 한여름에 김이 가득 찰 만큼 더운물을 쓰면 보일러가 고장 난다고 말해주려 했던 건데, 그저 바라보기만 했다.

헝클어진 뒷머리에 가늘고 긴 근육 다리를 질질 끌며 남동생방으로 들어가는 드래곤의 뒷모습을 보며 유미는 한동안 아무 말도 하지 못했다.

멋진 남자의 뒤태가 아련하고 낯설었다.

'흠. 이런 건 좀 불편하구나.'

동갑내기 남자와 한집에 있으니 그런가?

그는 꿈속 그리던 설탕미 가득한 드래곤이 아니라 남성미가 물씬 풍기는 사내로 성장해 있었다.

불편한 일은 다음 날 또 일어났다.

"제니, 밥 비벼 먹는 치킨 또 시켜 먹자!"

아빠는 오늘 지방 출장이어서 유미와 드래곤 둘뿐이었다. 그래서 한 마리만 시키기로 했다.

드래곤은 닭 다리 하나를 맛나게 다 뜯고는 손에 묻은 양념을

쪽쪽 빨아 먹더니 닭 다리 하나를 더 집어 들었다.

"야!"

유미가 게걸스레 닭 다리를 뜯는 드래곤을 노려보았다.

"제니, 왜 그렇게 쳐다봐?"

"사람은 다리가 몇 개지?"

"두 개."

"사자는?"

"네 개."

"치킨은?"

"두 개."

"치킨 다리가 왜 두 개라고 생각하니?"

"글쎄?"

"두 명이 하나씩 나눠 뜯으라고 있는 거다! 이 자식아!"

드래곤은 뜯고 있던 닭 다리를 멀뚱히 바라보았다.

유미가 소리쳤다.

"야! 사람이 두 명이고 치킨은 한 마리를 시켰는데 니가 닭 다리 두 개를 다 처먹으면, 그건 선 넘는 거 아냐?"

"처, 처먹어? 말이 좀 심하잖아."

드래곤은 유미의 거친 말에 충격을 받은 듯했다.

"제니, 나한테 그렇게 대하면 안 돼."

"그런 싸가지 없는 행동을 하면 처먹는다는 소릴 듣는 게 당연한 거야!"

"난 톰즈라구."

"그래서? 톰즈가 벼슬이냐?"

드래곤이 들고 있던 닭 다리를 슬그머니 내려놓았다.

"이거 제니가 먹어."

"지랄. 니가 먹던 걸 나보고 먹으라고?"

유미가 표독스레 말했다.

"저번에 팬클럽 파티 때 제니들은 우리가 먹던 치킨이나 바나나, 수박 같은 거 서로 먹으려고 하던데?"

"그건 그때고!"

"그런 게 어딨어? 상황에 따라 바뀌는 거야? 제니?"

"당연하지. 넌 드래곤이니까."

"응?"

"크툴루 오빠가 먹던 거라면 괜찮지만 넌 아니야. 애초에 크툴루 오빠라면 닭 다리 열 개라도 다 양보하지."

"뭐, 뭐라고?"

"아무튼, 치킨 열자마자 게걸스럽게 닭 다리 두 개를 먼저 조지는 사람을 아무도 이쁘게 봐주지 않아."

"미안해."

오후에 북악 의자가 있는 창으로 노을빛이 들어왔다.

유미는 드래곤을 좀 달래주고 싶었다. 오후 내내 닭 다리 때문에 침울해 보였다. 아니, 닭 다리가 아니라 유미가 거칠게 말해서 충격받은 게 분명하다.

"이리 와. 노을 보자."

"노을?"

"응. 이리로. 이 자리는 서울에서 노을 맛집이야!"

드래곤이 유미 옆에 앉았다.

경복궁 근정전의 용마루가 노랗게 물들고 있었다. 서쪽의 여름 하늘은 미세먼지가 가득한 것처럼 뿌옇게 변하고 있었는데, 공기가 탁해서가 아니라 해가 기울면서 노란빛과 푸른 하늘이 섞여 나는 색이었다.

그러다가 그 빛은 아리듯 선명한 노란색으로 변했다.

노을은 북촌의 지붕마다 서리며 다시 하늘로 반사되는 것 같았다.

"와. 눈이 시리도록 노랗다."

"그렇지? 아빠는 저 노을 때문에 이 한옥을 사셨대."

"저 노을, 금세 끝나겠지?"

"응. 쨍하게 노란 건 금방 사라져. 그런데 해가 내려가고도 한참 동안 낮처럼 밝아."

"……여름이니까."

드래곤과 유미는 한동안 말없이 창을 바라보았다.

유미는 내일이면 드래곤이 돌아간다는 것을 알고 있었다. 아직 드래곤과 재밌는 일도 해보지 못했다. 그저 집에서 식구처럼 지냈을 뿐이다.

함께할 시간이 저 노을처럼 빨리 사라지고 있다고 생각하자 마음이 초조해졌다.

드래곤이 불쑥 일어났다.

남동생 방으로 가더니 기타를 들고 와 다시 앉았다.

유미는 빙긋 입꼬리가 올라갔다.

'그래. 톰즈 멤버 중 우리 드래곤만 기타를 칠 줄 알았지.'

유미는 드래곤의 그 점이 좋았다.

"오랫동안 안 만진 모양이네. 줄이 엉망이야."

드래곤은 그렇게 말하며 기타를 조율했다.

난 금발의 제니를 꿈에서 보았죠.

그 머릿결은 젖은 여름 바람 같았어요.

은빛 시냇물 굽이를 따라 경쾌하게 걷는 제니.

그녀가 가는 환한 길 따라 흔들리는 데이지 꽃처럼 행복해 보여요.

그녀는 흥겹게 노래를 하고 새들이 화답하듯 지저귀네.

오, 나는 금발의 제니를 꿈에서 보네.

여름날 수증기처럼 떠다니는 금발로.

드래곤이 낮게 부르는 스테판 포스터의 '금발의 제니' 가사는 지고 있는 저 노을과 잘 어울렸다.

유미는 토미 드래곤의 어깨에 머리를 기댔다. 유미 머리가 닿아도 드래곤은 아무런 반응을 하지 않았다. 그저 기타를 안은 채 물끄러미 서쪽 하늘을 바라보고 있었다. 유미는 이 자리에 앉아서 기타 줄을 퉁기던 남동생을 생각했다.

저녁에 아빠는 삼계탕을 좋아하는 드래곤을 위해 서촌의 유명한 삼계탕 집에서 세 그릇을 포장해 왔다.

유미는 그런 아빠의 행동에 기겁했다.

"이걸 왜 사 오셨어요?"

"드래곤이 삼계탕 좋아하잖아."

"흥. 난 안 먹을래요. 드래곤이랑 드세요."

"유미야, 그러지 말고 먹어라."

"쟤, 어제도 그저께도 내내 치킨만 먹었다구요. 그런데 이것까지 사 오시면……."

아빠는 말없이 삼계탕을 데웠다.

드래곤은 자신의 그릇에 담긴 닭 다리 두 개를 물끄러미 바라보더니 유미 그릇에 하나를 넘겨주었다.

"뭐 하는 짓이냐?"

유미가 심드렁하게 말하자 드래곤은 씩 웃었다.

"제니 먹으라고. 아까 치킨 다리 때문에 미안해서."

유미는 제 그릇에 들어온 닭 다리를 얼른 드래곤 그릇에 다시 놓았다.

"됐어! 남의 닭 다리 먹으면 재수 없어져! 이것도 다 가져가!"

유미는 삼계탕을 좋아하는 드래곤을 위해 자신의 닭 다리도 하나 더 얹었다.

"아니. 닭 다리 너 다 먹어."

달그락. 달그락.

식탁에 앉은 세 사람은 말이 없었다.

구수한 삼계탕 향만 그들의 이마를 감싸며 퍼졌다.

유미는 내일이면 드래곤이 떠날 거란 걸 잘 알고 있다. 하지만 아빠와 드래곤은 이상하게 표정이 굳어 있었다. 아빠는 드래곤과 내일이면 헤어질 거란 걸 모르실 텐데.

이 모든 게 삼계탕 때문이다.

삼계탕 포장을 풀어 그릇에 담고 식탁에 앉은 순간부터 세 사람은 묘하게 분위기가 어색해졌다. 누구도 불편한 말을 하지 않았고 누구도 시시한 농담도 하지 않았다.

식사가 끝나고 설거지할 때였다.

드래곤은 멍하게 식탁에 앉아 있었다. 유미가 핀잔을 주었다.

"야, 너도 그렇게 앉아만 있지 말고 설거지해."

"난 노래만 해서 그런 거 해본 적이 없는걸."

"노래하는 사람은 먹을 줄만 알고 설거지할 줄도 모르냐?"

그러자 아빠가 나섰다.

"고무장갑 이리 줘라. 내가 하마."

"아빠, 가만히 계세요. 남자가 저래선 안 돼요. 저렇게 키우면 밖에 가서 아무것도 못 하고 사고만 친다구요. 저러니 가스 불도 못 켜고, 국물도 못 끓이고 그러지."

"그게 무슨 소리냐? 왜 이렇게 까칠하게 구냐."

아빠가 무서운 표정을 지었다. 유미는 더 큰 소리로 짜증 냈다.

"자식을 그렇게 대하면 안 된다구요. 해달라는 거 다 해주고 그러면."

풀이 죽은 드래곤이 일어섰다.

"미안. 내가 할게."

드래곤은 끼고 있던 반지를 빼내 싱크대에 올려놓고 고무장갑을 집었다. 그러자 아빠는 드래곤이 쥐고 있는 고무장갑을 잡았다.

"아빠가 할게. 저기 앉아 있어."

"괜찮아요."

"이리 달라니까."

"놔요!"

드래곤과 아빠가 고무장갑을 서로 가지려 실랑이했다. 드래곤이 수세미를 아빠 손에서 강하게 잡아당겼고 그 바람에 이쪽으로 물기가 튀었다.

"앗!"

유미는 고개를 숙였고 아빠는 이마를 닦았다. 유미가 고개를 들고 드래곤을 노려보았다. 따끔한 물기 때문이라기보다 드래곤의 막무가내 행동에 화가 치밀어올랐다.

드래곤은 싱크대 개수대를 노려보고 있었다.

"아. 씨발!"

드래곤 입에서 난데없이 욕이 튀어나왔다.

빼두었던 드래곤의 반지가 아빠랑 실랑이하는 바람에 그만 싱크대 개수대 안으로 들어가버린 것이다.

"뭐? 씨…… 뭐?"

유미가 어처구니없다는 표정을 지었다.

"엄마가 준 건데! 아, 짜증 나."

그제야 아빠와 유미는 물끄러미 드래곤을 바라보았다.

개수대를 뒤졌지만 드래곤의 엄마가 줬다던 반지는 개수대 아래로 사라져 찾을 수 없었다.

유미가 따졌다.

"야, 이 새끼야! 아무리 그래도 너 우리 아빠 앞에서 그게 무슨 말버릇이니?"

드래곤이 소리쳤다.

"진짜. 개떡 같은 집에 날 불러내서는."

그의 얼굴이, 얼굴 중에서도 가운데 콧등이 짐승처럼 일그러져 있었다.

"뭐? 너 그게 무슨 말이야?"

"이럴 거면 토미 크툴루를 부르지 왜 나를 불러냈어? 크툴루 형을 데려다 가족처럼 지내라고!"

드래곤은 쾅, 하고 문을 닫고 제 방에 들어가 버렸다.

자정.

유미는 침대에 모로 누운 채 창을 바라보고 있었다.

창으로 보이는 푸른 밤은 대낮처럼 밝았다. 불을 끄고 누웠지만, 여름밤이 비추는 푸른 빛 때문에 방 안은 환했다. 귀뚜라미 우는 소리만 가득했다.

유미는 자꾸 저쪽 방이 신경 쓰였다.

내일이면 드래곤은 이 집에 살지 않는다. 드래곤도, 여기서 사라지면 잠시 유미네 가족이 되었었다는 사실을 잊을 것이다. 아빠도 드래곤이 우리 곁에 잠시 살았던 시간을 기억하지 못할 것이다. 이 모든 게 학도 마녀가 준 태블릿 PC가 만들어낸 환상이니까.

유미는 사랑하는 드래곤과 마지막 밤을 그냥 이렇게 보내고 싶지 않았다.

'방으로 가볼까?'

그런 마음이 수십 번 들었지만 간신히 참았다. 그저 모로 누워 베개만 조물락대고 있었다.

그때였다.

딸깍.

유미 방의 문이 열렸다.

벽 쪽으로 등을 돌리고 누워 있는 유미는 인기척을 느끼고 꿀꺽 침을 삼켰다.

등 뒤로 누군가가 살금살금 이쪽으로 다가오고 있었다.

얼핏, 풍겨오는 시원하고 부드러운 샴푸 냄새.

토미 드래곤이다.

그는 뒤돌아 누운 유미 뒤에서 한참을 서 있었다. 유미는 얼른 눈을 감았다.

토미 드래곤이 유미의 침대에 걸터앉았다.

새근새근 잠든 척을 해야 했는데 가슴이 하도 콩닥거려 이미 들킨 것 같았다.

그쪽도 이쪽도 아무런 소리를 내지 않았다.

그러다가, 유미 귓가로 그의 입술이 다가왔다.

토미 드래곤이 내쉬는 달보드레한 숨이 유미의 볼과 귀의 솜털을 올올이 서게 했다.

유미는 눈을 꼭 감았다.

드래곤이 유미에게 조용히 말했다.

"누나, 다시 만나서 너무 좋았어."

그리고 유미 볼에 자기 이마를 가만히 대었다.

유미는 여전히 잠든 척 눈을 감고 있었다.

드래곤이 말했다.

"고마워……. 그리고 미안해."

그 말을 듣는 순간,

유미는 토미 드래곤이 모든 것을 알고 있다는 걸 깨달았다.

유미가 자신의 쌍둥이 누나라는 것을.

드래곤이 아빠의 진짜 아들이라는 것을.

"이제 마음 아파하지 마."

그 일을, 드래곤은 전부 기억하고 있었다.

1년 전.

유명 아이돌 그룹 멤버 숙소에서 주방 가스레인지를 잘못 사용하다가 폭발해서 전원 사망한 일을, 그 사고는 유독 닭을 좋아하는 한 멤버의 아빠와 누나가 포장해서 숙소에 넣어준 삼계탕을 데우려다가 일어난 사고라는 것을, 누나는 친동생이 소속된 아이돌 그룹 멤버 중 리더 크툴루를 제일 좋아했지만, 동생을 제일 응원하고 있었다는 것을, 아빠가 파낸 청동 용을 국가에 기증한 대신 교수가 청동 용을 대체할 만한 다른 식의 비보를 제안한 것이 바로 아들의 데뷔 이름을 '드래곤'이라고 지으라는 것이었음을, 그리고 아빠와 자식을 버리고 떠난 엄마를 누나는 미워했지만 그리워했다는 것도 알고 있었다.

무엇보다 토미 드래곤은, 죽은 자신이 누나의 소원으로 일주일 동안 다시 집에 돌아왔다는 사실을 잘 알고 있었다.

유미는 꾹 눈을 감았다.

드래곤이 유미의 볼에 자기 이마를 꾹 눌렀다.

유미 눈물이 반대쪽 볼을 타고 베개까지 흘렀다.

드래곤은 눈물을 흘리지 않았지만, 몹시 아프게 찡그리고 있는 것 같았다.

이윽고.

토미 드래곤은 쌍둥이 친누나인 유미 머리를 한번 쓰다듬더니 조용히 일어나 방을 나갔다.

유미가 벌떡 일어났다.

"이 바보야. 눈물 싹, 위로 빵. 그거 해줘야 할 거 아냐!"

딸깍.

문이 닫혔다.

방을 나간 토미 드래곤은 다시 들어오지 않았다.

유미는 침대 위에서 무릎을 끌어안고 엉엉 울었다.

하린이 바나나 우유에 꽂은 빨대를 쪽쪽 빨았다. 유미는 멀리 운동장을 바라보고 있었다.

"잘 갔겠지?"

"그렇겠지."

"아빠는 다 잊었지?"

"응. 전혀 모르시더라."

"우리 아빠도 그랬어. 엄마가 가고 다음 날부터 싹 잊었더라."

"그런데 무언가 본능적으로는 아시는 것 같았어. 뭐랄까, 예전에는 이틀에 한 번씩은 밤중에 혼자 드래곤 사진을 품에 안고 끄억끄억 울곤 했는데, 이제는 안 그래."

"너네 아빠, 나만큼 우울증이 심하셨잖아."

하늘은 완연한 가을빛을 띠고 있었다.

하린과 유미가 앉아 있는 미루나무 벤치 옆으로 송충이가 뚝 뚝 떨어졌다. 유미는 어깨에 떨어진 송충이를 아무렇지 않게 손으로 툭, 치웠다.

"그래도 난 하린 니가 다시 좋아져서 제일 기뻐."

하린은 여전히 자신을 챙기는 유미를 물끄러미 바라보았다.

"나도 내가 좋아진 걸 알아. 처음에는 그게 엄마를 만나서인 줄 알았는데 지금 생각해보면 유미 너 때문인 것 같아. 니가 없었으면 난 몹시 힘들었을 거야."

"지랄."

"그런데 학도 마녀는 어째서 그 태블릿을 가지고 있을까?"

"묻지 말자."

"응."

유미가 멀찍이 떨어진 쓰레기통에 바나나 우유를 슛, 하듯 던지고는 하린이를 바라보았다.

"학도 마녀, 우리 톰즈 팬클럽에 가입한 거 아냐?"

"정말? 갑자기 왜?"

"내가 안마기 싸게 사게 승급해줬거든."

"헐."

"요즘 매일 글 올려. 추모 영상도 보고, 뭐더라. 아, 그래 워즈워드 시도 막 올리고 그러더라."

"학도 마녀도 톰즈 팬이 된 거네."

"응. 토미 크툴루 오빠한테 푹 빠진 듯."

"쿠쿠. 보는 눈은 있어서. 하긴 크툴루가 제일 잘생겼지."

그러자 유미가 반박했다.

"뭔 소리야? 우리 드래곤이 크툴루보다 훨씬 잘생겼어! 이거 왜 이래?"

"알았어. 알았어. 니 동생이 제일 멋지다! 됐냐?"

하린이가 웃었다.

유미가 물었다.

"참. 그리고 너, 태블릿에 니 사진, 어떤 사진을 저장했어?"

"사진?"

"응? 학도 마녀가 태블릿 반납할 때 자기 사진을 저장하는 게 조건이라고 하던데?"

하린은 처음 듣는 소리라는 듯 눈을 동그랗게 떴다.

"난 그런 말 들은 적 없는데?"

유미는 고개를 갸웃했다.

학도 마녀는 자신에게 태블릿을 반납할 때 사진을 저장해두라고 했다. 학도 마녀 말로는 하린도 그렇게 했다고 그랬던 것 같은데, 하린에게 들어보니 사실이 아니었다. 이상했다.

오후에 도서관은 여전히 학생들이 없었다. 학도 마녀는 요술라 일렉트릭 목베개를 착용하고 의자에 비스듬히 앉아 있었다.

유미가 다가가자 그녀는 안경 아래로 눈을 깔고 힐끔 유미를 보더니 말했다.

"오늘도 잘했어요. 시작과 끝은 행복이란 말로 함께 마무리 지어요. 여름 수증기처럼 떠다니는 금발로!"

유미는 어처구니가 없다는 표정으로 눈을 흘겼다.

"학교에서는 그런 인사, 하지 마세요. 선생님."

"뭐 어때. 그나저나 덕분에 이거 싸게 잘 샀어. 고맙다."

"네, 근데…… 태블릿 PC 있잖아요."

그러자 학도 마녀의 표정이 살짝 굳었다.

"안 돼. 두 번은. 한 사람에 한 번만 빌려줘."

"한 번 더 빌려달라는 게 아니에요."

"그럼 뭔데?"

"태블릿에 개인 사진은 왜 넣어두라고 하신 거예요?"

"너, 저장 안 했냐?"

"저장했어요. 근데 하린이는 안 했더라구요. 왜죠?"

"그때그때 달라."

학도 마녀는 눈을 감고 다시 비스듬히 몸을 기울였다.

"그게 규칙 아니었어요?"

"규칙이었지. 너에겐."

"왜 나만? 왜 하린이에겐 아니구요?"

학도 마녀는 어깨에 채운 목베개를 벗고 똑바로 앉더니 유미를 빤히 쳐다보았다.

"그래서 꼽냐?"

"아, 아뇨."

"무언가를, 누군가를 그리워한다는 건 사람마다 달라. 그리움은 영원하지 않기 때문이지."

"무슨 말씀인지 못 알아듣겠어요."

"넌 네 쌍둥이 남동생을 그리워하고 있지만 언젠가는 서서히 그리움의 농도가 옅어질 거야. 시간이 흘러 상처는 아물겠지. 그리고 어른이 되면 아련하게 이때의 슬픔을 떠올리며 간혹 끄집어내 보게 될 거야. 그조차 진학하고, 일하고, 사랑하며 바쁘게 살다 보면 점점 더 줄어들 거고. 10년, 20년이 지나면 그땐 토미 드래곤의 기일 정도에 한 번씩 그를 추억하겠지. 드래곤이 사라지는 것이 아니라 네 마음이 사라지는 거야. 나는 지금의 네 마음, 그리운 이를 막 만난 직후의 네 사진을 보관하고 싶은 거야."

"그러니까 나는 드래곤을 그리워하는 지금의 나를 언젠가는 잊을 거니까, 선생님이라도 보관하겠다는 뜻인가요?"

"그렇지. 역시 국어를 잘하네."

"왜요? 왜 그걸 보관하려는 거죠?"

"그리운 이를 막 만난 직후의 사진은 엄청난 에너지를 지니고 있어. 그 증폭된 감정이 이 태블릿을 생성하는 힘이야. 한마디로 마법을 부리는 배터리라고 할까."

"그러면 하린이 사진은 왜 보관 안 해요?"

"하린은 우울증이 깊었어. 우울함에 잠식된 그리움은 태블릿을 충전하는 데 도움이 안 돼."

"아, 저도 우울했다구요."

"알아. 하지만 넌 하린과 달라. 넌 슬픔에 아예 삼켜져 있진 않았어. 아빠의 우울증을 치료하기 위해서라도 넌 강해져야 했겠지. 난 한눈에 알아보았어. 너한테 고여 있는 그리움은 이 태블릿에 좋은 배터리가 될 수 있겠다고."

유미는 가만히 듣고만 있었다.

"장유미. 넌 앞으로 지금보다 더 아름다운 사랑을 하고 또 이별하고 상처를 입으면서 살 거야. 넌 그때마다 너의 아픔을 타인에게 좋은 쪽으로 전이하려고 노력하겠지. 너는 네 아픔보다는 상대의 아픔을 더 챙기는 아이야. 하린이한테도, 아빠한테도 너는 그랬어. 너의 그리움은 순도 높은 에너지야. 네가 좋은 에

너지를 충전해준 덕에 많은 사람이 이 태블릿을 사용할 거야."

"알겠어요. 이해할 수 있을 것 같아요."

학도 마녀는 다시 목베개를 어깨에 걸쳤다.

"이제 돌아가렴."

유미는 마지막 의문이 있었지만 묻지 않았다.

학도 마녀 말대로라면 하린의 일주일 동안, 주변 사람들은 하린 엄마가 죽었다는 걸 몰라야 했다. 하지만 현관에서 아주머니를 처음 봤을 때 자신은 단박에 알아차렸다.

그 이유를 물어보고 싶었지만 그러지 않기로 했다. 이런 생각이 들었기 때문이다.

'아빠는 그 일주일을 완전히 잊었을까.'라는.

태블릿 PC의 시스템대로라면, 아빠는 동생이 일주일 동안 함께 살았다는 사실을 전혀 알지 못해야 한다.

하지만 유미는 바랐다. 아빠의 기억 속에 어렴풋이나마 남아 있기를.

"안녕히 계세요."

유미가 인사하자 학도 마녀는 밝게 웃었다.

"오늘도 잘했어요. 시작과 끝은 행복이란 말로 함께 마무리 지어요. 여름 수증기처럼 떠다니는 금발로!"

✦ 여기서부터 다시

토요일 오후, 조현운의 방.

책상 위에 놓인 노트북은 저 혼자 시끄러웠다.

화면 속에는 화이트보드 앞에 선 수학 강사가 매직을 쥔 손을 이리저리 뻗고 당기며 수학 문제를 풀고 있다.

책상 앞에 앉아 있는 현운의 시선은 노트북 화면이 아닌 좀 더 아래에 향해 있었다.

무릎에 올려놓은 검은색 낡은 태블릿을 물끄러미 바라보고 있던 현운은 결국 결심한 듯 그것을 책상 위에 턱, 올려놓았다.

저 혼자 시끄러운 노트북을 덮어서 저쪽으로 밀어내버리고, 펼쳐놓은 수학 문제집도 가방에 쑤셔 넣었다.

현운은 태블릿의 세움대를 젖혀 책상 위에 반듯하게 세웠다.

"빌리는 기간은 일주일이야."

검은색 뿔테 안경 너머로 쌍꺼풀 없는 학도 마녀의 새카만 눈이 아른거리고 쇳소리 나는 낮은 목소리도 귓가에 울리는 듯하다.

금요일,

점심시간에 도서관에 갔을 때 학도 마녀는 의자 등받이를 한껏 눕히고 목베개를 한 채 눈을 감고 있었다. 마치 야자수 아래 해변 의자에 누워 있는 관광객 같은 모습이었다.

현운이 인기척을 냈다.

"뭐냐?"

그녀는 그 자세 그대로 시선을 내리깔고 현운을 바라볼 뿐이었다. 왜 점심 휴식 시간을 방해하느냐는 듯 심드렁한 반응이었다.

현운은 침을 꿀꺽 삼켰다.

"저기, 만나고 싶은 사람이 있다면 선생님을 찾아가 보라는 말을 들어서요."

학도 마녀는 누구에게 듣고 왔느냐고 물었다. 현운은 그걸 말해야만 하냐고 되물었다. 그리고 또 한 번 침을 꿀꺽 삼켰다.

현운은 어떤 말과 행동을 하기 전에 꼭 그게 어떤 결과를 낳을지를 먼저 고민했다.

다른 친구들이 생각 없이 마구 행동하는 것을 보면 부럽기도

하다. 그렇게 할 경우, 예상치 못한 일이 벌어져서 재미있는 결과를 낳거나 상황을 더 좋게 만들기도 하지만 그건 믿을 게 못되었다.

재수가 없으면 뜻하지 않은 일이 벌어질 수 있다. 난처하고 난감한 결과를 만들 수도 있다. 현운은 그런 게 싫었다. 모든 일이 예상 범위 안에 있어야만 안심이 됐다.

학도 마녀는 짜증 난 표정을 짓다가 그제야 의자에 비스듬히 기댄 상체를 바로 세우며 의자 하단에 기어로 등받이를 올렸다. 그러고는 코끝에 걸린 뿔테 안경을 치켜올리며 말했다.

"누군지 말해. 그래야 해. 누구한테 듣고 왔어?"

학도 마녀는 안경 너머로 조현운을 빤히 쳐다보았다. 묶지 않은 긴 머리카락은 마치 어떤 신비한 약이라도 복용한 것처럼 무서우리만큼 색이 진했고, 눈동자도 머리카락과 똑같이 선명했다. 그래서 은근 바라보기가 거북하고 무서웠다.

"그건 말하지 않을래요."

"왜?"

"그냥요. 함부로 말했다가 그 애가 난처해지는 건 싫어요."

"그 애? 그렇다면 학생이네. 학생 누구?"

거기까지 캐묻자 현운은 당황했다. 하지만 끝까지 입을 열지 않았다.

"좋아! 고집이 마음에 든다. 자!"

학도 마녀는 서랍에서 낡은 태블릿을 꺼내 던지듯 책상에 놓았다.

현운은 그걸 멍하게 바라보기만 했다.

"뭐 해? 안 가져가고?"

"이, 이게 뭐예요?"

학도 마녀는 고개를 갸웃했다.

"너, 태블릿 이야기 듣고 온 거 아냐?"

"그냥, 전, 선생님을 찾아가면 만날 수 있다는 말만 들었는데요, 만나고 싶은 누군가를………."

학도 마녀는 현운이 아무것도 모르고 온 것을 깨닫고는 입을 쩍쩍댔다. 그런 후 귀찮은 듯 빠르게 말하기 시작했다.

이 태블릿 PC에 사진을 저장하면 사진 속 존재가 진짜로 출현한다고. 사진을 넣으면 그 사진 속 피사체가 실제로 나타나며, 주변의 모든 사람은 그의 출현을 현운이 원하는 상황으로 여긴다는 것도. 그리고 빌리는 기간은 일주일을 주었다. 정확히는 다음 주 금요일까지.

"여기에 사진을 넣으면 정말로 그런 일이 생긴다는 거죠?"

"사망한 가족, 친구, 금붕어, 이순신 장군, 전부 가능해. 단 상상력의 산물은 안 돼. 그러니까 니들, 여기다가 게임 캐릭터 사진 좀 넣지 말라고!"

현운은 듣지 않고 혼자 중얼거리고 있었다.

"존재하거나 존재했던………."

"아 참, 그리고. 또."

또 학도 마녀는 지폐 사진을 넣거나, 금을 넣거나 지난주 당첨 로또를 넣어서 현실로 만들어서도 안 된다고 추가로 말했다.

현운은 고개를 끄덕였다.

"보통 아이들은 그리운 존재를 불러내더라."

"그리운 존재?"

그렇구나. 다른 아이들은 그리운 사람을 불러내는 모양이구나. 하지만 현운의 목적은 그게 아니었다.

"빌려 갈게요."

도서관 사서 선생님은 고개를 끄덕였다.

"빌려 가려고 온 거잖아! 대신 돌려줄 땐 이 안에 네 사진을 넣어놔야 한다. 불러낼 이의 사진은 사진첩에 넣어두는 거지만, 빌린 사람의 사진은 따로 폴더가 있으니 거기에 넣어둬. 폴더 이름은 '게스트'야. 충전은 안 되어 있으니 집에 가서 니가 직접 충전해."

학도 마녀는 높은 대출대 선반에 놓인 검은색 태블릿을 현운 앞으로 밀었다.

"어? 이거 아이패드네요. 우리 집에 아이폰 쓰는 사람 없는데."

"거, 참 말 많네. 그냥 아무 충전기나 꽂아!"

뿔테 안경 너머, 마녀의 눈에 짜증이 고였다.

"아무 충전기에다가요?"

"외형은 아이패드인데 애플이나 삼성에서 만든 거 아냐. 충전기는 집에 돌아다니는 거 아무거나 꽂으면 돼. 근데 너네 아빠, 아이폰 안 쓰니? 네 아버지 국회의원이라며?"

"국회의원이 아니고 국회의원 보좌관요. 그리고 국회의원이면 아이폰만 쓰라는 법이 있나요?"

"요즘 국회의원들은 몰래 구린 짓을 많이 해서 해킹 안 되는 아이폰을 많이 쓴다더만. 아무튼, 어디까지 말했지? 아, 그래. 어떤 충전기에나 다 꽂히니까 니가 쓰는 충전기를 꽂아서 써! 그리고 어서 나가. 나 잠 좀 자게. 점심시간 다 지났네. 우씨."

학도 마녀는 의자 기어를 다시 젖히더니 수면 안대를 쓰고 누웠다.

그렇게 해서 지금 저 태블릿 PC가 조현운의 책상 위에 세워져 있는 것이다.

열어둔 창으로 아이들이 노는 소리가 들렸다.

현운의 아파트는 1층이었고, 현운이 사는 동 바로 옆에 신축 유치원이 생겨 아이들이 이 아파트 놀이터로 자주 놀러 나온다.

현운은 검은색 태블릿을 노려보았다. 여러 사람 손을 탄 건지, 낡고 흠집이 많이 나 있었다. 별 볼 일 없는 구형이다.

'해보자. 까짓거!'

떨리는 손으로 천천히 태블릿에 손을 가져가려 할 때, 드르륵, 드르륵, 책상에 놓아둔 현운의 스마트폰이 시끄럽게 진동했다. 깜짝 놀라 스마트폰을 집어 들었다.

현운은 가만히 액정에 찍힌 이름을 바라보았다.

장유미

현운은 이 이름에 한참 동안 시선을 두었다.

학도 마녀에게 가서 태블릿 PC를 빌릴 수 있도록 정보를 준 건 유미였다.

현운과 유미는 같은 학원에 다녔다. 현운이 사는 강북에서 가장 큰 학원으로, 같은 학교 학생들 대부분이 거길 다닌다.

현운은 올해 2월까지만 해도 그 학원 바로 옆에 있는 아파트에 살았다. 개운산 숲길과 공원을 단지 내에서 진입할 수 있는 오래된 복도식 아파트였다.

현운이 고등학교 2학년이 되었을 때, 아빠는 그 아파트에서 벗어나 두 블록 떨어진 새 아파트로 이사 갔다. 지금 이곳이다.

예전 아파트라면 학교나 학원이 코앞에 있었지만 지금 이사 온 아파트에서는 걸으면 20분 정도 걸리는 거리다. 그렇다고 오고 가기에 불편함은 없다.

학원에는 멀리 노원구에서 버스를 타고 오는 학생들도 있다. 수업이 끝나면 대부분 학원 버스를 타고 가지만 현운은 헤드셋을 끼고 느긋하게 걸어서 집에 간다. 그게 편하고 좋다.

그러니까 저번 주 수요일.

학원 수업을 끝내고 나오니 저녁 8시였다.

그날은 현도와 민준, 진우에게 실컷 얻어맞는 와중에 그만 발목을 접질려서 걷기가 불편했다. 그래서 버스를 타려고 정거장으로 가려는데, 장유미가 보였다.

유미는 이어폰을 낀 채 혼자서 버스를 기다리고 있었다.

친한 건 아니었다.

학교에서 유미는 우울증이 심한 하린을 언니처럼 챙기는 아이였다. 유미는 하린의 호위무사 같은 모습이었고, 그 모습이 여자아이들 눈에는 다소 못마땅해 보이는 듯했다. 고등학교 입학 무렵 유미는 아이들에게 인기가 많았다. 그런데 요즘은 여자아이들이 유미를 마뜩잖게 생각하는 것 같았다. 쟤들은 둘만 살게 내버려 둬, 뭐 이런 느낌이랄까.

현운은 아무 생각이 없었다.

유미가 극성스레 하린을 챙기는 모습에도 뭐, 어렸을 때부터 친했던 모양이구나, 하고 생각했을 뿐이다.

유미는 중학교 때까진 이 동네에 살았지만, 지금은 한옥이 즐비한 종로구에 산다. 그런데도 현운처럼 학원 버스를 타고 집에 가지 않는다. 유미는 아빠가 늘 데리러 오는 것 같았다.

유미와는 1학년 때 같은 반이었지만 2학년이 되어선 다른 반이다. 같은 반이었을 때도 몇 번 말을 주고받은 일 외엔 뚜렷한 기억이 없다.

'오늘은 아빠가 데리러 오지 않나 보네.'

현운의 눈에 제일 먼저 들어온 건, 유미의 백팩에 대롱거리던 동생 사진이 보이지 않는다는 것이다.

가방에 인형이나 액세서리를 달고 다니는 여자아이들은 많지만 장유미가 달고 다니는 톰즈의 토미 드래곤 사진 키링은 좀 다르다.

그는 장유미의 죽은 동생이었으니까.

그 사건은 너무 유명해서 학교에서도 소문이 쫙 났다. 현운은 유미의 빨간 백팩에 늘 대롱거리던 토미 드래곤의 사진을 선명하게 기억하고 있었다.

"저기, 잃어버린 것 같은데?"

뒤에서 대뜸 물었다. 그러나 유미는 이어폰을 끼고 있어서 현운의 말을 듣지 못하고 있었다.

용기 내어 어깨를 톡톡 쳤다.

유미가 화들짝 돌아보더니, 현운을 알아보고선 건조하게 물었다.

"뭐?"

"토미 드래곤 키링이 없네, 가방에. 어디서 떨어뜨린 것 같은데 알려줘야 할 것 같아서."

가방에 저런 액세서리를 달고 다니다가 언제 어디서 떨어진 건지도 모르게 잃어버리는 일은 허다하다. 그러나 유미의 키링은 죽은 동생의 사진이어서 소중할 거다. 그게 없어졌으니 나중에 알게 되면 얼마나 당황할까 싶었다.

유미는 한쪽 어깨에 걸린 가방끈을 내려 자기 가방을 살폈다.

키링이 있던 자리를 보던 유미는 아무렇지 않은 표정을 지었다. 그 표정은 가방에 키링이 없는 것을 안다는 뜻이다.

"응. 떼어냈어."

"왜?"

현운이 눈을 동그랗게 떴다.

현운의 눈 흰자에 피가 충혈되어 있다는 것을 본 유미 역시 눈을 동그랗게 떴다.

유미는 내색하지 않았다.

"이젠 달고 다니지 않으려고."

그때 유미가 타야 할 버스가 왔다. 이 버스는 역시 현운의 아파트를 지난다. 이 정거장에서 오는 어떤 버스를 타도 집을 지난다. 세 정거장만 가서 내리면 된다.

유미가 오르자 현운도 올랐다. 자리는 전부 꽉 차 있었다. 나란히 창밖을 보고 있던 둘 중 먼저 유미가 물었다.

"너, 원래 걸어가지 않았나?"

"오늘 다리가 아파서."

현운의 말에 유미는 고개를 끄덕였다. 둘은 말없이 창만 바라보았다.

버스가 섰다. 한 정거장이 지났다.

"오늘 하린이는 안 보이네?"

"응, 가족 모임이 있대. 그래서 학원에 안 왔어, 하린이는."

"그렇구나."

그리고 둘은 계속 창가를 바라보았다.

버스가 섰다. 또 한 정거장이 지났다.

버스가 출발했고, 다음 정거장에서 현운은 내려야 했다.

뭐 딱히 할 말도 없고 유미도 창밖만 바라보고 있기에, 현운은 눈이 마주치면 인사하고 그렇지 않으면 좀 어색하지만 그냥 내릴 참이었다.

하차 버튼을 누른 다음 몸을 돌려 카드를 댔다.

그때 뒤에서 유미가 말했다.

"동생을 만났거든. 그래서 뗐어. 계속 달고 다니는 건 동생이 좋아할 모습이 아니니까."

현운이 돌아보았다. 유미의 말이 이상했다.

"……동생을 만났다니?"

유미는 입을 닫고 창문을 응시했다. 그러다가 불쑥 말했다.

"야. 조현운. 너, 혹시 만나고 싶은 사람 있어?"

"만나고 싶은 사람?"

"응. 꼭 만나고 싶은 누군가."

"그건 왜?"

그러자 유미가 당황하는 표정을 지었다.

"그냥, 뭐. 있나 싶어서."

"블랙핑크 지수."

그 말에 유미가 콧방귀를 꼈다.

"야. 너 지수 좋아하냐? 하긴 뭐, 그래. 블랙핑크 지수도 만날 수 있지."

"아니면 스눕독."

"래퍼?"

"응. 나 랩 좋아하거든."

유미는 빙긋이 웃었다.

"나도. 제니만 아니었으면 힙합 쪽으로 팠을지도 몰라."

"근데 만나고 싶은 사람은 왜?"

"그게 있잖아. 진짜로 가능하거든."

현운은 부은 눈을 가늘게 떴다.

얘가 지금 무슨 소릴 하는 거야,라는 생각이 들었다. 난데없이 만나고 싶은 사람이 있냐고 묻고. 또 가능하다고 말하고.

그때 버스가 멈췄다. 덜컹, 문이 열렸다. 현운이 내려야 할 시간이었다.

몸을 돌리려는 찰나, 뒤에서 유미 소리가 들렸다.

"학도 마녀한테 가봐. 6층 도서관 선생님. 가서 만나고 싶은 사람이 있다고 말하면 방법을 알려줄 거야."

내리려던 현운은 당황해서 멍하게 유미를 바라보았다.

유미가 웃으며 말했다.

"키링이 없다고 말해준 건 니가 처음이라서."

무슨 소린지, 쩝.

그러다가 고개를 돌렸다. 어, 어. 버스 문이 닫히고 있었다.

"아저씨, 내려요!"

닫히려던 버스 문이 다시 열렸고 현운은 서둘러 버스에서 내렸다.

문이 닫히고 버스는 저쪽으로 부아앙, 움직였다. 그 안에 손잡이를 잡고 선 장유미의 등이 어렴풋이 보였다.

그 모습을 멍하니 지켜보다가 돌아서려는 찰나, 유미가 뒤돌아서 현운을 바라보았다. 유미는 멀리 사라지면서 입을 달싹거렸다.

현운이 보기에 그 입 모양은 '힘내.'라고 하는 것 같았다. 현운은 유미에게 들켰나 싶어 기분이 별로였다.

드르륵, 드르륵.

현운은 울리는 스마트폰을 계속 노려보았다.

결국 받지 않고 버튼을 두 번 눌렀다. 유미 쪽으로는 '지금 고객님이 전화를 받을 수 없으니 다음에 다시 걸어주시기 바랍니다.'라는 멘트가 나갈 것이다.

받고 싶지 않았다.

학교에서 아는 사람은 알겠지만, 그렇다고 노골적으로 들키고 싶진 않았다. 애들한테 맞고 지낸다는 사실을.

드르륵, 드르륵.

잠잠해지던 스마트폰이 다시 울리기 시작했다. 장유미가 포기하지 않고 또 통화를 시도하고 있었다. 현운은 할 수 없이 폰을 귀에 댔다.

"응······. 왜?"

– 받았어?

저쪽에서 달뜬 유미의 목소리가 들렸다.

"받았냐니?"

– 태블릿 PC.

"응. 받았어."

– 기간은 일주일 받았지?"

"응."

현운의 목소리는 무뚝뚝했고 짧았다.

– 내가 왜 전화했냐면, 마지막 날 때문이야.

현운은 이마를 긁으며 가만히 듣고 있었다.

– 마지막 날에 니가 불러낸 사람이 이 상황을 알아.

"무슨 말인지 모르겠는데 자세히 설명해봐."

스마트폰 저쪽에서 유미가 잠시 뜸을 들이더니 말했다.

– 부르고 싶은 존재를 불러내면, 주변 사람이 그를 당연히 살아 있는 존재로 인식하듯 반응해. 이건 학도 마녀가 설명해줬을 것 같은데? 그런 말을 하지?

"일주일 동안은 그렇다고 하더라."

그랬다.

가령 죽은 누군가를 불러내면 일주일 동안 주변 사람들은 그 사람을 죽은 사람으로 여기지 않는다고 설명했었다. 그러니까 주변 모두 그 상황을 이상하게 생각하지 않는다는 것.

– 불려 나온 존재도 일주일 동안 너무도 당연하게 니 옆에서 생활할 건데, 마지막 날에 보니까 그 존재는 자신이 죽은 것도, 일주일만 너와 함께 지내는 것도, 또 돌아가야 한다는 것도 전부 아는 것 같았어.

"음."

현운은 유미가 무슨 말을 하는지 감이 왔다.

태블릿으로 불러낸 대상은 어렴풋이 감지한다는 뜻인 것 같았다. 일주일 동안 함께 지내야 하는 이 현실을.

"그런데 그게 왜?"

– 그러니까 너무 슬퍼하지 말란 말이야. 너무 슬퍼하면 그 사람도 슬퍼해. 그 말, 해주려고.

그게 뭐가 중요해서 전화까지 하나 싶었다.

"아무튼, 고맙다."

스마트폰을 내려놓은 현운은 긴 한숨을 쉬었다.

현운은 결심하고 태블릿 PC 바탕화면에 깔린 네이버 앱을 실행시키고 자신의 메일을 열었다.

이건 학도 마녀의 태블릿이고, 유미나 현운처럼 또 다른 누군가가 사용할 수 있는 장비이기에 메일 비밀번호는 저장하지 않았다.

현운은 자신의 메일함 리스트 중 '내게 보낸 메일함'에 있는 사진 하나를 태블릿 PC에 다운로드했다.

사진은 일찌감치 현운이 자신의 메일로 보내둔 것이다. 클라우드가 없어 늘 이렇게 '내게 메일 보내기'로 중요한 파일을 저장해놓는다.

사진을 태블릿 PC의 사진 파일에 넣었다.

한참을 기다려도 아무런 반응이 없었다. 현운은 뒤를 돌아보았다.

방은 텅 비어 있다.

침대 옆, 열려 있는 커다란 창에는 바람이 솔솔 들어와 커튼이 천천히 움직이고 있을 뿐이었다. 놀이터에서 놀던 꼬마들도 전부 돌아갔다.

'뭐야. 나타난다더니.'

학도 마녀가 이상한 소릴 했나 싶다.

학도 마녀는 원체 또라이 선생님이라고 소문이 났기에 그럴 수 있겠다 싶었지만, 유미까지 거짓말을 한 건 이해가 되지 않았다.

"뭐야, 씨."

현운은 세워놓은 태블릿을 툭 쳐서 눕혔다.

괜히 고민했다 싶다.

그때였다.

벌컥, 방문이 열렸다. 문 앞에 서 있는 사람은 할아버지였다.

"이눔 새끼, 방에 틀어박혀서 뭐 하고 자빠졌냐?"

현운은 입을 떡 벌렸다.

놀란 눈으로 시선을 살짝 꺾어 할아버지 뒤를 보았다. 할아버지 뒤로 보이는 거실에는 하누가 꼬리를 흔들고 앉아 있었다. 하누는 래브라도 리트리버로 할아버지의 맹인견이다.

문을 열고 등장한 할아버지의 컬컬하고 다부진 목소리에 거실의 하누는 몹시 신이 나 있었다.

'맙소사, 진짜다!'

현운은 침을 꿀꺽 삼켰다.

다시 방문 앞에 서 있는 할아버지를 바라보았다.

할아버지는 저쪽 아파트에 살 때 그 모습이었다. 신경질적으로 두 눈을 부릅뜨고 있지만, 공막의 초점은 흐릿하고 어디를 보는지 모를, 그러나 천장 저 멀리를 향한 시선.

눈이 보이지 않는 이 할아버지는 분명 현운의 친할아버지였다.

할아버지는 다문 입술을 다시 벌렸다.

"야! 방에서 뭐 하느냐고!"

"……그, 그냥 있었어요. 할아버지."

"내 양말 어딨어? 내 양말 찾아라! 나 좀, 나갔다 와야 쓰겄다!"

할아버지는 다짜고짜 말했다.

거실에 있던 하누가 툴툴 다가와 할아버지 옆에 단정하게 앉았다. 주인이 밖으로 나가니 자신의 몸에 줄을 채워달라는 신호였다. 시각장애인 안내를 맡은 개의 훈련된 습성이다. 현운은 이 현실이 너무도 놀랍고 의아스러워 그저 눈만 끔뻑이며 그 둘을 바라볼 뿐이었다.

"어허, 뭐 해? 어서 내 양말 찾아와! 어서! 하누가 기다리잖여!"

믿을 수 없었다.

다시 건강한 할아버지의 사투리를 들을 수 있다니!

할아버지가 하누를 데리고 산책하는 모습을 다시 보게 되다니!

아빠와 엄마가 별거한 것은 할아버지 때문이었다.

엄마는 현운이 초등학교에 들어가던 해에 아빠와 헤어졌다.

엄마가 눈에 넣어도 안 아플 어린 현운을 두고 집을 나간 것도, 고등학생이 된 현운이 매사에 어떤 일을 하기 전 결과를 가늠하는 것도, 그리고 친구가 없는 것도, 아니 따돌림을 당하는 것도 전부 함께 사는 할아버지 때문이었다.

할아버지는 눈이 보이지 않았다.

시각장애인.

후천적으로 기능을 잃었다.

엄마는 할아버지가 시각장애인이어서 떠난 건 아니다. 할아버지는 며느리인 엄마를 잡아먹을 듯이 구박했다. 할아버지의 언행은 괴팍하고, 성말랐다.

할아버지는 젊었을 때 머리를 심하게 맞아서 스트레스 장애와 망상장애를 앓고 있었다. 후천성 질환이다. 할아버지는 어떨 때는 얌전하지만 또 어떨 때는 광기에 서린 듯 다른 사람이 되곤 했다. 의사는 두부 손상에 의한 충격 상해로 정의 내렸다.

효자인 아빠는 그런 할아버지에게 한 번도 대든 적이 없었다.

아빠는 그렇다 쳐도 엄마와 현운은 힘들었다.

아빠가 출근하면 할아버지는 엄마를 못살게 들볶았다. 요즘 세상에 시아버지가 며느리를 들볶는 경우는 드물다. 자극이란 자극을 전부 쑤셔 넣는 막장 드라마에도 그런 일은 벌어지지 않는다.

그러나 그런 일이 현운의 가족에게는 벌어지고 있었다. 할아버지 증세는 정신질환이기에 쉬 나아지지 않았다.

아닌 게 아니라 할아버지는 심했다.

가만히 있다가 갑자기 엄마에게 쌍욕을 하는 건 기본이었다. 또 눈이 안 보인다는 이유로 엄마에게 갖은 수발을 시켰다.

할아버지는 발작도 심하게 했다.

발작은 주로 새벽에 일어나곤 했는데, 어느 계절에는 잠잠해지다가도 어느새 또 시작되곤 했다. 엄마와 아빠는 그럴 때마다 할아버지에게 진통제를 드리고 주무시길 기다렸다.

결혼할 때 시각장애인인 시아버지를 모시고 살아야 한다는 말에 선뜻 고개를 끄덕였던 엄마도 10년째 되던 해에 그 생활을 포기했다. 엄마가 유방암 초기 진단을 받은 일이 결정적이었다. 병원에서는 엄마에게 적극 안정을 권유했다. 우울증과 스트레스가 엄마 몸을 그렇게 약하게 만든 것 같았다. 그 원인은 할아버지에게 있었다.

엄마는 아빠에게 더는 자신이 없으니 정신이 약해진 할아버지를 요양병원에 모시자고 말했다고 한다.

외아들인 아빠는 눈이 보이지 않는 할아버지를 다른 곳에 모실 수 없다고 했다. 엄마는 그럼 본인이 집을 나가겠다고 했다. 엄마는 정말로 집을 나갔다. 그게 현운이 초등학교 1학년 때 일이었다.

아빠 또한 할아버지의 욕설과 언어폭력에 시달렸지만 아빠는 어렸을 때부터 할아버지의 그런 행동에 이골이 나서 그런지 묵묵히 견뎌냈다. 게다가 아빠는 할아버지를 딱하게 여겼다. 할아버지는 아빠의 아빠이니까, 어쩌면 그래서 견딜 수 있었을 터다.

현운은 초등학교 1학년이었지만, 엄마가 집을 나가던 즈음의 전경들을 똑똑히 기억한다. 다른 집들은 입학식에 들뜬 행복한 봄을 보내고 있지만 현운네는 아니었다.

외할머니 손에 이끌려 떠나기 전, 엄마는 현운을 꼭 안고 울었다. 아빠도 울었다. 현운만 울지 않았다. 아, 그리고 다른 방에서 혼자 욕지거리를 하는 할아버지도 울지 않았다.

아빠와 엄마는 지금도 만난다. 만나서 차도 마시고 밥도 먹는다. 두 분이 사이가 나빠 헤어진 게 아니었기에 그렇다.

현운도 엄마를 자주 만난다. 만나서 영화도 보고 서점에도 간다. 맛있는 것도 먹는다.

현운은 엄마를 원망하지 않았다.

초등학생 때부터 현운은 혼자서 다 해결했다.

엄마와 함께해야 할 과제물도 혼자서 했고, 아프면 병원도 혼자 갔고, 참관 수업 때도 엄마라면 어떻게 생각할까, 떠올리며 자기 자리에서 학생도 되었다가 엄마도 되어가며 앉아 있었다.

그 모든 걸 현운은 스스로 다 해냈다.

어린아이로 지내기엔 힘든 생활이었기에 일찍 철이 든 것도 없지 않아 있다.

중학교에 가서는 이제 하나도 어렵지 않았다. 스스로 다 해내는 것이.

아니, 어려운 건 따로 있었다.

그건 떠올리기 싫었다.

친구들이 왜 그러는지 알 수 없다. 늘 집에만 있어서 그런가? 할아버지 때문에 어쩔 수 없는걸.

평일에 아빠는 거의 없는 존재다.

아빠는 국회 의원회관 사무실에서 매번 야근했다. 법을 만드는 국회의원실에서 기본 근로시간을 엄수하지 않는 게 불만일 만큼 아빠의 일은 많았다.

할아버지는 어두운 방에 우두커니 앉아서 벽을 보고 뭔가를 중얼거리다가 현운의 방으로 벌컥 들어와 고함을 질러대곤 했다. 어떨 땐 현운을 잡아 눕히고 현운의 몸을 감추듯 올라타서 흐느끼기도 했다.

조현병을 걱정하는 아빠에게 의사는 조현병은 아니라고 했다. 어떤 사건 때문에 정신을 놓았던 시점에서 그 충격이 치유되지 않고 있다고 말했다.

현운은 성격 급하고 툭하면 화를 내는 할아버지와 살면서 자신의 성격이 소심해졌다는 것을 자각했다.

할아버지에게 길든 자신이 싫었다.

할아버지가 얌전해지는 건 산책을 할 때였다.

옷을 챙겨 입고 하누의 줄을 잡고 나갈 때 할아버지는 정상으로 돌아왔다.

현운에게 집을 잘 보고 있어라,라고 낮은 목소리로 말을 했고, 길을 안내할 맹인견 하누의 목도 신나게 만져주었다. 종종 현운에게 함께 가자고 제안하기도 했다. 그럴 때 할아버지는 포악한 사람이 아니었다. 정말이지 친절했다.

산책은 한 시간 정도.

아파트 단지에서 개운산으로 이어지는 철제 계단에서도 하누는 할아버지를 잘 이끌었다. 계단은 곧 탄탄하고 잘 닦인 길로 이어져 청량한 개운산 숲 공기를 머금었다.

산책길을 한 바퀴 돌고 개운산 스포츠 센터를 지나면 버스가 서는 큰 도로가 나온다. 거기서부터는 인도를 따라 집까지 걸어오는 코스였다.

할아버지는 천천히 걸었고 하누는 그런 할아버지를 차분하게 안내했다.

집으로 돌아온 할아버지는 혼자 목욕한 후 방에 들어가서 한동안 나오지 않았다. 그러다가 아빠가 퇴근할 때쯤이면 다시 발작이 시작되곤 했다.

아빠가 이사를 결심한 이유도 할아버지 때문이었다.

아빠는 줄곧 산책을 좋아하는 할아버지 때문에 개운산 공원의 진입이 용이한 예전 복도식 낡은 아파트에 살았지만, 지금은 그 아파트에 살 이유가 없었다. 그래서 두 블록 떨어진 더 깨끗하고 좋은 아파트로 이사를 결심했다.

그런데 지금.

학도 마녀에게 태블릿을 빌려온 지금, 할아버지가 난데없이 현운 방에 나타나 산책하러 가겠다고 선언했다. 그 말에 반가워서 정신없이 꼬리를 흔들고 있는 하누를 옆에 두고.

현운이 할아버지 발에 양말을 신겼다.

나머지 한 짝을 신기려다가 앙상한 할아버지 발목을 잡고선 한참을 가만히 있었다.

신기했기 때문이다. 할아버지는 내내 가족을 괴롭히던 존재이지만 이 순간만큼은 아니었다. 다시 할아버지의 산책복을 입힐 수 있다니 감회가 새로웠다.

예전에 저쪽 아파트에 살 때, 그러니까 할아버지와 산책하는 게 일과 중 하나였던 때에는, 현운은 이렇게 할아버지 옷을 갈아입히는 게 죽도록 싫었다.

아파트 옆집에 살던 할머니도, 경비 아저씨도, 어린 손자가 눈먼 할아버지를 지극하게 보살핀다고 칭찬했지만 현운은 그런 말조차도 싫었다. 그들은 몰랐다. 할아버지가 집에서 어떤 존재였는지.

하지만 현운도 몰랐다. 현운 자신이 이 순간을 이토록 그리워하게 될지.

할아버지의 주름진 목에서 골골거리는 소리가 들렸다.

양말을 다 신긴 현운은 아빠 방에 들어가서 얇은 실크 스카프를 가져왔다.

여름이었지만 몸이 약한 할아버지를 위해 스카프를 둘러주면서 거실에 단정하게 앉아 있는 하누를 힐끗 보았다.

녀석은 소파에 앉아 있는 할아버지와 옷을 입히는 현운을 바라보고 있었다. 현운과 눈이 마주치자 녀석은 멈췄던 꼬리를 다시 움직였다.

오랜만에 할아버지와 산책하러 가게 돼서 녀석도 기분 좋은 모양이었다.

이제 영영 쓸 일이 없을 줄 알고 베란다 창고에 처박아둔 지팡이와 운동화를 꺼내 현관에 두었다. 새 아파트로 이사 올 때 아빠가 넣어둔 것들이었다. 할아버지 모자도 안방의 옷상자에서 꺼냈다.

할아버지는 소파에 앉아서 숨을 고르고 있었다.

너무도 오랜만의 일인지라 할아버지도 흥분되는 모양이었다.

현운은 식탁에 받아둔 물통과 하누 배설물을 담을 비닐 등을 할아버지가 두를 힙색에 챙겨 넣었다.

준비가 끝나자 현운은 하누에게 다가갔다.

앞에 앉자 하누는 바닥에 길게 늘인 꼬리를 더 빠르게 움직였다. 꼭 빗자루로 바닥을 쓰는 것 같은 움직임.

하누는 코가 길고 이마 굴곡이 유선형인 아주 잘생긴 리트리버였다. 축 처진 역삼각형 귀도 다른 개에 비해 반듯했다.

할아버지가 아빠나 현운에게 고함을 지르고, 또 새벽에 발작을 일으킬 때면 그저 이마에 걱정스러운 주름을 만들며 큰 눈으로 이리저리 눈치만 보던 녀석이었다.

하누 얼굴은 그때에 비해 한결 맑아져 있었다.

현운은 왠지 눈물이 날 것 같아 하누 이마에 자기 이마를 댔다.

"하누야, 너도 기분 좋지?"

하누는 고개를 숙이고 현운의 이마를 가만히 느끼고 있었다. 하누의 목 깊은 곳에서는 동굴에 지나는 바람 같은 소리가 났다.

그리운 숨소리.

'그랬구나. 너도 할아버지가 그리웠던 거구나.'

현운은 하누의 콧잔등에 입을 오랫동안 맞추고 두 손으로 두툼한 녀석의 목을 비볐다. 그러자 하누는 축축한 혀로 현운의 볼을 핥았다.

사실 이러면 안 된다.

하누는 맹인안내견이어서 특수 교육을 받았다. 맹인견은 오직 시각장애인만을 위해 모든 감정을 가둘 줄 알아야 한다.

감정을 드러내서는 안 되는 하누가 꼬리를 좀처럼 멈출 줄을 모른다는 것은 흥분하고 있다는 뜻이다. 할아버지와 떨어져 있는 동안 녀석도 무척 외로웠나 보다.

그래도 현운은 하누를 계속 만졌다. 태블릿의 마법이 이루어지는 동안만은 그래도 될 것 같았다. 손에는 기쁨과 감동이 가득 담겨 있었다. 하누는 그것을 몸으로 받았다. 현운은 하누 목에 이마를 댔다.

'하누야, 할아버지를 잘 부탁해. 이런 일이 진짜로 생길 줄은 몰랐어. 너도 그렇지?'

하누를 꼭 껴안고 있던 현운은 뒤를 돌아보았다.

외출복으로 갈아입은 할아버지는 소파에 떡 하니 앉은 채 천장 저쪽으로 보이지 않는 눈길을 고정하고 있었다.

그 모습을 보던 현운은 깜짝 놀라고 말았다. 할아버지의 탁한 눈에 눈물이 고여 있었다.

'할아버지도 아시는 거야.'

할아버지도 이 현실을 몸소 느끼고 있는 게 분명했다.

― 불려 나온 존재도 일주일 동안 너무도 당연하게 니 옆에서 생활할 건데, 마지막 날에 보니까 그 존재는 자신이 죽은 것도, 일주일만 너와 함께 지내는 것도, 또 돌아가야 한다는 것도 전부 아는 것 같았어.

현운은 유미가 한 말이 무슨 뜻인지 그제야 알 수 있었다.

할아버지는 손을 더듬거리며 소파에서 일어났다. 이제 밖으로 나가겠다는 뜻.

하누가 자동으로 할아버지 옆에 붙어 섰다. 현운은 하누 몸에 채운 가죽끈을 할아버지 손에 쥐어주었다.

"할아버지, 이렇게 차려입고 나가시는 거 정말 신기해요. 다시 이런 일이 있을 줄은 몰랐어요. 할아버지도 그렇죠?"

할아버지는 뚱하게 뜬 눈으로 저쪽을 향해 선 채 아무런 대답을 하지 않았다.

"개운산으로 가실 건가요?"

현운이 이사 온 지금의 아파트에서 개운산까지 거리는 3킬로미터 정도 되지만 인도가 넓고 안전해서 시각장애인인 할아버지와 하누가 이동하는 데는 아무런 문제가 없었다.

할아버지는 절뚝절뚝 현관으로 갔다.

먼저 가서 기다린 후 신발을 신겼다. 눈물이 났지만, 이렇게 고개를 숙이고 있으니 할아버지에게 들킬 염려는 없겠다고 생각했다. 그러다가 할아버지는 눈이 안 보이잖아. 바보같이 괜한 걱정을, 하고 자책했다.

문을 열자 현관에 달아놓은 풍경이 울렸다.

1층이었기에 엘리베이터를 탈 필요는 없다. 할아버지는 지팡이를 짚으며 하누를 데리고 천천히 계단으로 내려갔다.

현운은 그 뒷모습을 보면서 또 신기했고 놀라웠다.

서둘러 베란다로 가서 할아버지와 하누가 아파트 저쪽으로 걸어가는 모습을 지켜보았다.

현운은 스마트폰으로 그 영상을 찍었다.

저 모습을 아빠한테 보여주고 싶었다.

6월 6일, 현충일. 태블릿을 빌린 지 7일째.

하루 같은 일주일이 지났다.

보충수업이 있어 학원에 갔다가 오후 2시쯤 아파트 단지에 들어선 현운은 저번보다 더 다리를 절뚝거리고 있었다.

박현도는 태권도 유단자인 걸 티 내느라 그런지 늘 같은 자리를 정확하게 때린다.

정진우와 심민준은 덩치가 몹시 크다. 키도 180이 넘는다.

한 학기가 다 되도록 당하면서도 현운은 그들이 자신에게 폭력을 가하는 이유를 찾지 못했다.

현관에 들어선 현운은 제일 먼저 할아버지를 찾았다.

거실로 들어오니 할아버지는 텔레비전을 틀어놓은 채 멍하게 천장 저쪽을 향하고 있었다. 하누는 그런 할아버지를 지키듯 옆에 앉아 있었다.

그래도 집에 오니 좋았다.

신기하게도 그때부터 목요일인 오늘까지 할아버지는 발작을 일으키거나 식탁 음식을 흩뜨리거나 욕설을 내뱉지 않았다.

아빠도 할아버지의 바뀐 모습을 보고 놀라워했다. 아빠는 할아버지와 하누가 함께하는 이 생활을 이사하기 전 삶이 고스란히 이어진 것처럼 느끼고 있었다. 주변인들이 이 상황을 당연하게 여기게 만드는 태블릿 PC의 마법 때문인지도 모른다.

아빠는 할아버지가 발작하지 않는 이유를 묻지 않았다. 하누가 옆에 있어서 할아버지가 순해진 거겠구나, 하고 막연히 생각하는 것 같았다.

그동안 할아버지는 오전에 한 번, 오후에 한 번, 하루 두 번씩 하누를 데리고 산책을 다녀왔다.

현운이 학교에 가 있는 동안 할아버지는 스스로 옷을 챙겨 입고, 하누 몸에 끈을 매고 밖으로 나갔다. 주말에는 현운이 직접 옷을 입혀드렸다. 밤에 할아버지는 잘 주무셨다.

현운은 욕실로 갔다.

옷을 전부 벗고 퉁퉁 부어서 눈이 떠지지 않는 얼굴을 씻었다.

온몸이 상처투성이였다.

몸에서 나는 흙냄새를 지우기 위해 샤워기를 틀었다.

아빠는 오늘 집에 들어오지 않는다.

아빠가 보좌하는 국회의원이 현충일 추념식 행사에 참석하기에 대전에 함께 내려갔다. 대전에서 일을 보고 목포로 갔다가 제주도에서 하루 더 있다 온다고 했다.

아마도 아빠가 돌아왔을 땐 이 마법 같은 상황이 종료되었을 것이다.

눈이 보이지 않는 할아버지와 함께 있는 것이 나았다. 이렇게 상처투성이가 된 몸을 할아버지는 보지 못할 테니까.

할아버지는 거실 소파에 앉아 텔레비전에서 나는 뉴스를 듣고 있었다.

욕실에서 나온 현운은 새 옷을 갈아입고 냉장고로 갔다. 냉장고에서 참외와 토마토를 꺼냈다. 식탁 위 소쿠리에 둔 육포도 가지고 왔다.

할아버지 입에 깎은 참외와 토마토를 하나하나 넣어주고, 하누에게도 육포를 주었다.

할아버지는 귀로 TV 소리를 들으면서도 하누가 육포를 먹는 소리를 놓치지 않았다.

"육포가 큰가 부다. 잘라서 줘라!"

"네."

"물하고 함께 줘어. 딱딱하니께!"

"네."

할아버지는 던지듯 말했다.

"하누 잘 먹고 있냐?"

"네."

할아버지는 계속 물어댔다.

현운은 꼬박꼬박 대답했다.

참외를 씹으면서 간혹 할아버지 입꼬리가 올라갔다. 하누가 먹는 소리가 듣기 좋으신 모양이었다.

현운은 참으로 바른 아이였다.

어른을 존경했고, 인사성도 발랐다. 다른 아이들처럼 말 앞에 '개', '존나' 등의 비속어를 붙이지도 않았다.

예전에 할아버지에게 받은 압박감 때문에 매사에 조심하는 습관을 들였기 때문이다. 아빠는 성격이 어긋날 수 있는 상황에서도 착한 심성을 지키는 현운을 대견하다고 여겼고 또 고마워했다.

현운은 칼과 접시를 치우고 돌아와 거실에 앉았다. 하누가 다가와 엎드리더니 현운의 무릎에 난 상처를 핥았다.

현운은 하누에게 하우스로 가라고 손짓했다. 영리한 하누는 일어나 거실 구석에 놓아둔 제 하우스에 들어가더니 이쪽을 보고 엎드렸다.

하우스 옆 벽 한켠에는 할아버지의 지팡이가 세워져 있고, 맹인안내견용 하네스와 조끼도 걸려 있었다.

하누는 저쪽에서 웅크린 채 현운을 가만히 쳐다보기만 했다.

현운이 하누를 저리로 보낸 건 할아버지 때문이다. 하누가 하는 짓을 할아버지가 혹 알아챌까 봐 그랬다. 예전에도 할아버지는 다른 건 보지 못했지만 하누의 일거수일투족은 전부 감지하곤 했다.

현운은 하누와 놀아주고 싶은 마음을 참으며, 곧 미안해졌다.

맹인안내견은 일반 가정의 반려견과는 다르게 대해야 한다. 맹인안내견은 시각장애인에게 길 안내를 하거나, 가정이나 거리에서 위험에 닥쳤을 때 이를 알리는 일을 한다.

안내견들은 태어날 때부터 고도의 인내심이 요구되는 일을 하도록 훈련받는다. 길을 지나가다 누군가 간식을 줘도 받아먹어선 안 된다. 귀여워하며 쓰다듬는다고 좋아해서도 안 된다.

시각장애인인 주인을 보호하는 일 말고 다른 일에 조금도 집중력을 빼앗겨선 안 되기 때문에 본능의 유혹에 따를 수가 없다.

보통 맹인안내견은 10년 정도 봉사한 후 은퇴한다. 은퇴하면 다른 가정에 입양되거나 안내견 학교에서 여생을 보내기도 한다.

하누는 그것보다 더 극진한 대접을 받을 자격이 있다. 하누도 그동안 고생이 많았던 만큼, 마음껏 사랑해주고 싶었다.

오랜만에 할아버지와 하누가 함께 있는 모습을 보니, 더욱 그런 마음이 생긴 건지도 몰랐다.

현운은 가까이 오라고 손짓했다.

하누는 천천히 다가왔다.

현운은 하누를 껴안고 얼굴을 비벼댔다.

종일 할아버지 옆에서 할아버지를 지키다 보니 현운과 보낼 시간이 없었다.

하누는 꽤 잘 훈련된 똑똑한 강아지였고, 할아버지에게는 그 누구보다 믿음직한 가족이었다.

한번은 아파트에서 하누가 계속 요란하게 짖기에 아랫집에서 관리실에 신고를 한 일이 있었다. 경비 아저씨가 갔을 때 문을 열어준 건 하누였다. 하누는 아래로 내리면 열리는 오래된 아파트식 현관을 손쉽게 열었다.

경비 아저씨가 들어가 보니 부엌에 할아버지가 쓰러져 있었다. 곧 119구급차가 왔고 할아버지는 기적적으로 구조됐다. 아빠도 현운도 없던 평일 대낮에 있었던 일이다.

하누는 할아버지의 발작에도 당황하지 않았다.

하누를 가르치던 훈련관은 인내심도 훈련을 통해 더 발전하는 거라고 했다.

정신적인 문제로 수시로 난폭해지는 할아버지도 하누에게만은 절대로 화를 내지 않았다. 하누는 할아버지를 진정시키는 유일한 존재였다.

현운은 거실 선반에 둔 개껌을 꺼내 하누에게 씹게 하고 등을 쓰다듬었다.

하누가 유일하게 애교를 부리는 대상이 현운이었다. 위탁가정에서 나와 처음 보내진 곳이 현운네 집이었고, 어린 현운과 함께 자라다시피 했다.

하누는 엎드렸다.

현운은 하누 등을 긁었다. 이렇게 등 한가운데를 긁어주면 혀를 길게 늘이고 이쪽저쪽으로 몸을 틀면서 자꾸 뒤돌아보려고 용을 썼다.

현운은 그게 재미있어서 계속했다.

이사 오고 처음이다. 하누가 이렇게 편하게 현운에게 몸을 비비는 건.

"헤헤. 하누, 손 여깄지롱~."

등을 긁는 현운의 손을 찾느라고 이리 돌아보고 저리 돌아보는 하누는 흥이 높아지고 있었다.

그때였다.

소파에 앉아 있던 할아버지가 하누 등을 긁는 현운의 손을 덥석 잡았다. 할아버지의 손에는 힘이 꽉 들어가 있었다.

"뭐여."

"네?"

"너, 뭐여. 뭐냐고."

"뭐, 뭐가요? 할아버지?"

할아버지는 저쪽 천장의 어느 구석을 노려보는 모습이었지만, 말의 방향은 현운이 쪽이었다.

예전, 폭력적인 말을 뇌까릴 때마다 그랬듯, 입술을 일그러뜨리면서.

하누가 벌떡 일어났다.

이상하다.

할아버지 발작이 또 시작되려나?

할아버지가 말했다.

"너 얼굴이 그게 뭐냐고!"

"내 얼굴이 어때서요?"

할아버지 눈에 부은 내 얼굴이 보이는 건가? 그럴 리가 없다. 할아버지는 초점 없는 눈을 천장으로 향하며 속마음을 들었다는 듯 말했다.

"나는 안다. 니 얼굴, 평시와 다른 걸. 너 밖에서 뭐하고 왔냐?"

그걸 할아버지가 어떻게 아시는 걸까?

평소, 모든 상황을 예상하고, 가장 현명한 방법을 찾으려고 노력하는 현운도 이 상황을 어떻게 해결해야 할지 떠오르지 않았다.

"긍게, 너 밖에서 뭐 하고 왔냐고!"

현운이 대답하지 않자 할아버지는 현운의 손목을 더 꽉 움켜쥐었다.

"그 세 놈이 그랬제? 맞제?"

예전 저쪽 아파트에 살 때부터 할아버지는 현도와 진우, 민준이를 알고 있었다.

그 아이들도 현운과 같은 아파트에 살았기에 그렇고, 또 결정적인 건, 1학년 때 담임선생님이 집으로 전화했을 때 할아버지가 받았기 때문이다. 담임선생님은 아빠가 전화를 받지 않자 집으로 전화를 했던 것인데 마침 집에 있던 할아버지가 받았다.

선생님은 아빠에게 할 말을 할아버지에게 고스란히 전했다.

"아니에요."

"아니긴, 그 새끼들 지금 어디 있냐? 그놈들 아직도 그 아파트, 16동에 사냐? 살제? 맞제?"

"아, 아니라니까요."

할아버지는 일어났다.

"가서 내 양말 갖구 와."

거실 바닥에 앉아 있던 현운은 고개를 쳐들고 할아버지를 바라보았다.

"어디 가시게요?"

"갖고 오라면 갖고 와!"

"어디 가시는데요?"

"산책!"

할아버지는 스스로 산책 복장을 챙기셨다.

하누를 더듬어 줄을 채우고 밖으로 나갔다. 현관에서 현운이 할아버지의 두 팔을 잡았지만, 할아버지는 냅다 뿌리치고는 지팡이로 현운을 마구 때렸다.

현관에 주저앉은 현운은 현관문이 쾅, 닫히는 것을 멍하게 보고 있을 수밖에 없었다.

눈이 보이지 않는 분이 대체 어떻게 알았을까?

이것도 태블릿 PC의 마법일까?

두 시간 전.

학원 수업이 끝나고 밖으로 나온 현운의 스마트폰이 울렸다.

– 어이, 외계인!

현도였다.

그들은 현운을 외계인이라고 불렀다.

현운은 스마트폰을 귀에 댄 채 두리번거렸다.

저쪽 편의점 뒤, 보성 아파트 입구 옆 재활용 쓰레기를 모아 두는 화단에서 세 아이가 이쪽을 보고 있었다.

현도, 진우, 민준.

그곳은 몸통이 굵은 플라타너스 여러 그루가 박혀 있었고, 아파트 구역을 정하는 펜스 아래여서 사람들이 좀처럼 오지 않는 곳이다.

멀리, 스마트폰을 귀에 대고 있는 현도가 이쪽으로 오라고 손을 까딱거렸다.

현운도 스마트폰을 귀에 댄 채 그쪽으로 걸어갔다.

현도의 목소리가 스마트폰을 통해 들렸다.

– 야, 이 찐따 새끼야, 빨리 못 와? 뭐 이리 굼떠?

현운은 말없이 스마트폰을 귀에 댄 채 계속 걸어갔다.

이들이 트집을 잡는 건 한둘이 아니었다. 눈빛이 기분 나쁘다, 웃을 때 이빨이 보인다, 목소리가 작다, 얼굴만 멀끔하면 다냐, 혼자 무슨 생각을 골똘히 하냐, 음험해 보인다 등등.

하지만 현운은 안다. 괴롭히는 데 이유 따윈 없다는 걸.

저들은 처음부터 혼자인 현운을 찍었고, 혼자인 현운을 괴롭히기로 한 거다. 현운은 그렇게 1년 반 동안 저들의 이유 없는 폭력을 묵묵히 당했다.

셋은 다가오는 현운을 바라보며 자기들끼리 이죽거리고 있었다.

현운은 표정 없이 그쪽으로 걸어갔다.

귀에 대고 있던 스마트폰을 가방에 넣었다. 계속 앞을 바라보면서 걸었다.

걸으면서 가방을 툭, 떨어트렸다.

서서히 걷는 속도를 높였다.

빠른 걸음은 뛰듯 하더니,

화단이 시작되는 지점에서 한발로 도움닫기 해서 높이 날았다.

현운은 날아차기로 현도의 얼굴부터 공격했다.

태권도를 배운 적은 없지만 싸울 수 있었다.

그간, 무서워서 당한 게 아니었다.

여러 가지 상황을 조합한 결과 그냥 맞고 있는 게 낫다고 생각했다.

집에서 할아버지를 견디려면 그래야 했다. 다른 사람이 들으면 이상하다 여길지 몰라도, 현운은 그러는 편이 모두를 위해 좋다고 생각했다.

내성이 중요하다.

하누를 가르치던 훈련관 말에 따르면 그랬다.

인내심도 훈련이 되면 발전하고, 참을 수 있는 시간도 길어진다고 했다.

하누가 그랬던 것처럼.

현운은 할아버지를 견뎌야 했다.

그래서 그래왔다.

맞으면서 견뎌왔다.

하지만 이제는 참지 않을 것이다.

참을 이유도 없었다.

난데없는 공격에 셋은 속수무책이었다.

거실에서 현운은 초조하게 서 있었다.

하누를 데리고 집을 나간 할아버지가 갈 곳이 어딘지 알기 때문이다.

현도 집일 것이다.

현도 집은 예전 현운이 살던 아파트 맞은편 동이다.

거기에 살던 작년 어느 날, 하누와 산책을 나와 있던 할아버지는 현운에게 윽박지르던 현도의 목소리를 들은 적이 있었다.

현도가 "야, 이 개쌔야! 좆같은 외계인 새끼! 야. 조현운!"이라고 소리치다 저쪽을 보고 얼른 입을 닫았다.

현운이 돌아보니 할아버지가 하누 줄을 잡고 이쪽으로 걸어오고 있었다.

"우리 할아버지가 오시니까 그만해."

그렇게 말하자 현도는 나직이 "다음에 두 배로 죽었어! 존만아." 하고 가버렸다.

아마도 할아버지는 그때 그 아이가 누군지 알았던 것 같다. 담임선생님에게서 들은 이름으로 유추했을 것이다.

눈이 보이지 않는 할아버지는 손자를 괴롭힌 아이의 집으로 가려는 것이었다.

오랜만에 만난 하누를 이끌고. 아니, 이끌림을 당하면서.

'따라가서 모시고 와야 하나?'

두 시간 전에 있었던 3대 1의 격투는 현운의 승리로 끝났다.

태권도 유단자인 현도는 난데없는 발차기 첫 방에 턱을 맞고 쓰러져서 일어나지 못했다. 그러자 남은 두 아이가 현운의 몸을 잡으려 했다.

현운은 둘이 밀고 들어오는 무게 때문에 화단에 쓰러졌다.

셋은 흙바닥에 뒤엉켰다.

둘은 현운의 얼굴을 마구 때렸다.

주로 진우가 때렸다. 현운은 얼굴을 맞으면서 정신을 차려야 한다고 생각했다.

한 놈부터 해결하자. 누운 현운은 팔꿈치로 진우의 명치를 찍어 올렸다. 진우가 저쪽으로 나가떨어졌다.

현운이 상체를 세우고 일어나 민준의 등을 찍었다. 민준은 덩치만 컸지 약골이었다. 현도와 진우가 없으면 아무것도 할 줄 모르는 새끼였다. 두 녀석은 일어나서 저쪽으로 달아나버렸다. 큰 덩치를 실룩거리면서.

현운은 바짓자락을 탁탁 털고 서서 부어오르는 한쪽 눈으로 쓰러진 현도를 내려다보았다.

현도가 주춤주춤 일어섰다.

현도는 현운이 또 때릴까 봐 겁을 먹고 있었다. 현운은 현도에게 꺼지라는 듯 턱짓을 했다.

현도는 자기가 당한 일이 믿기지 않는 모양이었다. 1년 반 동안 얻어맞기만 하던 찐따가 갑자기 이렇게 당당해지다니 누가 봐도 신기해할 일이었다.

현운은 현도에게 한마디 뱉었다.

"인내심 훈련도 이제 끝이야."

현도 같은 놈이 이게 무슨 뜻인지 알아들을까?

할아버지의 발작을 견디기 위해, 너희를 통해 하누와 같은 인내심을 길러왔다고 말하면 믿지 못하겠지. 네 녀석은 한계를 느낄 만큼 누군가를 돌봐야 하는 처지가 되어본 적이 없으니까.

현도는 비틀거리면서 자신을 버린 둘이 달아난 방향으로 걸어갔다.

텅 빈 현관에서 현운은 후회했다.

할아버지가 나가기 전에 그 싸움에서 자신이 이겼다고 말했어야 했다.

그때였다.

드르륵, 드르륵.

소파에 던져 놓았던 현운의 스마트폰이 울렸다.

모르는 번호.

"여보세요."

중년 남자 목소리가 들렸다.

– 혹시 조치문 씨라고 아십니까?

"네. 왜요?"

‐ 조치문 씨와 어떻게 되는 사이입니까? 손자 분 맞나요?

저쪽에서 바로 신분을 확인했다.

그것은 이미 현운이 조치문 씨의 손자임을 알고 전화했다는 것을 뜻했다.

"네. 제 할아버지예요."

‐ 지금 교통사고가 났어요. 얼른 와주셔야겠습니다.

1980년 5월 21일. 아침 8시.

끼이익.

버스가 급정거했다.

운전석에 앉은 조치문 씨는 흔들거리는 몸을 간신히 가다듬었다.

평소에는 보이지 않던 바리케이드가 도로 한복판에 세워져 있었다.

철모를 쓴 군인이 닫힌 버스 앞문을 쾅쾅 두드렸다.

조치문 씨는 앞문을 열었다.

덜컹.

공수부대원 네 명이 올라왔다.

전부 소총을 등에 걸고 손에는 검은색 곤봉을 들고 있었다.

"다들 머리에 손 올려! 어서!"

대위 계급의 공수부대원이 버스 안 승객들에게 소리쳤다.

조치문 씨는 저도 모르게 주변을 둘러보았다.

버스 안에는 운전사 조치문 씨를 제외한 총 일곱 명이 있었다.

운전석 뒤에 줄지어 앉아 있는 세 명의 젊은 남자, 맨 뒷자리에 갓난아기를 안고 있는 젊은 여자와 그의 남편으로 보이는 장발의 남자, 그리고 내리는 입구 쪽, 커다란 갈색 가방을 무릎 위에 올려놓고 앉아 있는 양복 입은 젊은 남자.

승객은 그들뿐이었다.

군인들은 매서운 눈으로 버스 내부를 훑었다.

대위 계급장을 단 군인이 운전석으로 몸을 돌렸다.

머리에 손을 올린 조치문 씨는 일부러 그와 눈을 마주치지 않으려고 저쪽으로 고개를 돌렸다.

"전남대 정문에 서는 버스가 뭐 이래? 평소엔 전남대 학생들이 많았을 텐데 오늘은 왜 이것밖에 없지?"

"오, 오늘, 손님은 저 사람들뿐입니다."

서른 살 운전기사 조치문 씨가 벌벌 떨면서 말했다.

"이 새끼가, 어제 휴교령이 내려졌는데도 학교로 들어가려는 놈들이 많다는 걸 다 알고 왔다! 정문을 지나는 버스는 이 버스

뿐이야. 여기 탔던 대학생 놈들 전부 어디서 내렸어? 대학생들만 아니지. 폭도들도 탔겠지. 그놈들, 우리가 정문 앞에 지키고 있다는 것을 알고 중간에 내린 게 틀림없어. 어디서 내려준 거야?"

대위는 조치문 씨가 버스에 타고 있던 대학생들과 시위에 참여하려던 민간인들을 다른 장소에 안전하게 내려준 것으로 여겼다.

대학생들이 버스를 타고 학교로 들어가려다가 군인들이 지키고 있다는 사실을 알고 중간 어딘가에 우르르, 내려 모여 있다고 생각하는 모양이었다.

"아닙니다. 오늘 대학생은 보지 못했습니다."

"시끄러워! 보통 이 시간에 이 버스는 학생들로 바글바글했다는 걸 알아!"

"그, 그렇긴 합니다만."

"여기 오기 전에 미리 알고 다른 곳에 내려줬지? 어디야? 말 안 해? 폭도들이 있는 곳 말이야!"

"맹세합니다. 대학생들은 오늘 버스에 타지 않았습니다. 그리고 포, 폭……."

그렇게 말하면서도 조치문 씨는, 대학생이 대학교에 들어가는 게 뭐가 문제냐는 생각이 들었다.

전남대학교로 들어가려는 대학생도 시민들도 없었다고 대답은 하려 했지만, 차마 매일 버스를 오르내리는 승객들에게 폭도라는 말을 달지 못했다.

대위는 운전기사 조치문 씨를 빤히 쳐다보았다.

그는 곤봉으로 조치문 씨 턱을 들어 얼굴을 살폈다.

"이놈 봐라? 왜 폭도라는 말을 똑바로 못하지? 대한민국 정부를 뒤집으려고 관공서를 털어서 총 훔치고, 전단 뿌리면서 거리를 날뛰는 놈들이 폭도가 아니고 뭐야? 어? 왜 말을 못 해? 말해봐. 폭! 도!"

조치문 씨가 곤봉에서 턱을 빼내어 고개를 숙였다.

차가운 곤봉이 다시 그의 턱 아래로 끼어 들어와 그의 얼굴을 올렸다.

"어서!"

조치문 씨는 침을 꿀꺽 삼켰다.

"이 새끼도 수상한걸?"

서른 살의 버스 운전기사 조치문 씨는 시민들과 학생들이 폭도라고 생각하지 않았다.

저들이 폭도라면 전국의 모든 국민이 폭도여야 했다.

대한민국에서 전두환이 쿠데타를 일으켜 정권을 잡은 일을 온당하다고 생각하는 사람은 한 명도 없었으니까.

"말해보라니까! 말 안 해? 너도 한패냐?"

"그냥 시민들이지, 폭도가 아닙, 악!"

대위는 조치문 씨의 말이 끝나기도 전에 그의 머리를 곤봉으로 내리쳤다. 정수리에서 피가 터져 나왔고 코에서도 피가 분수처럼 솟구쳤다. 조치문 씨는 운전대에 꼬꾸라졌다.

퍽, 퍽, 퍽, 퍽.

대위는 운전대에 꼬꾸라진 조치문 씨의 머리를 사정없이 내리쳤다.

머리를 너무 많이 얻어맞은 조치문 씨는 그대로 실신했다.

"야! 버스에 앉아 있는 놈들 전부 조사해!"

대위가 부하들에게 턱짓했다.

"전부 내려!"

공수부대원들이 소리쳤다.

운전석에 엎드려 기절한 조치문 씨를 제외한 승객들이 전부 내렸다.

저쪽에서 트럭이 왔고, 허리에 방독면을 착용하고 소총을 든 군인들이 줄줄 뛰어내리더니 줄지어 섰다.

버스에 타고 있던 사람들은 전남대 담벼락 그늘에 줄지어 섰다. 국가 전복을 꿈꾸기엔 너무나 적은 인원. 겁이 많아 보이는 이들이었다.

대위는 그들을 하나하나 살피기 시작했다.

먼저 양복을 입고 넥타이를 맨 남자가 들고 있는 낡은 가죽 가방을 가리켰다.

계급 높은 군인은 양복을 입은 남자 앞에 섰다.

"가방 이리 내봐."

양복 입은 남자는 자기 가방을 가슴에 꼭 껴안고 고개를 가로 저었다.

"싫소. 왜 내가 가방을 보여줘야 합니까?"

"좋은 말할 때 내봐. 지라시나 무기 같은 걸 학교 안으로 반입 하려는 놈들을 찾고 있다."

양복 입은 남자가 말했다.

"당신들, 위에서 내린 명령 때문에 이러는 건 이해하지만, 그 래도 이러면 안 돼. 나도 군대 간 막냇동생이 있고, 나 또한 대 한민국 육군 병장으로 전역했소. 버스 안 사람들은 무고한 시민 들이잖소."

"이 새끼가!"

옆에 있던 군인들이 그를 넘어뜨리고 군홧발로 마구 짓밟았 다. 그의 얼굴이 금세 피로 벌게졌다. 그렇게 엉망이 되면서도 그는 가방을 손에서 놓지 않았다.

"수상해. 가방 뒤져봐!"

군인들이 그가 꼭 안고 있는 가방을 빼앗아 내용물을 쏟았다.

책받침 크기의 빳빳하고 반질반질한 종이들이 우르르 쏟아
져 나왔다. 형형색색 질 좋은 인쇄물들, 접힌 종이들, 몇 권의 두
꺼운 책들…….

"이것 봐. 지라시네!"

대위가 턱짓했다.

철컥, 철컥. 가늠쇠 풀리는 소리가 들렸다.

타, 타, 타.

콩 볶는 소리와 함께 그는 총알을 맞고 쓰러졌다.

"어? 잠깐, 중지!"

대위의 제지로 총소리가 그쳤다.

대위가 쪼그리고 앉아 가방에서 쏟아진 전단을 살폈다.

아니었다.

책받침 크기의 반질거리는 종이에는 전부 전집과 백과사전
사진이 인쇄되어 있었다.

'성현 어린이 백과', '성현 출판사 어린이 세계 명작'이란 글씨
들이 눈에 들어왔다.

그것은 전집 홍보물 전단이었다.

그는 지라시를 품고 다니는 국가 전복 세력이 아니라 어린이
용 책을 팔러 다니는 출판사 영업사원이었다.

군인들은 죽은 그를 아무렇지도 않게 발로 툭툭 찼다.

"죽었나? 제길, 죽었구만."

"그러게, 가방을 순순히 줬어야지."

공수부대원들은 자신의 실수를 인정하지 않았다.

그때였다.

머리에 손을 올린 채 담벼락에 서 있던, 청바지를 입은 세 명의 청년이 갑자기 저쪽으로 달리기 시작했다.

"저 새끼들, 잡아!"

군인들이 달려갔다.

세 명 모두 총에 맞고 쓰러졌다.

군인들은 널브러진 그들의 다리를 잡고 이쪽으로 질질 끌고 왔다.

세 남자는 이미 죽은 상태였다.

군인들이 그들의 지갑을 꺼냈다.

"이 세 놈, 대학생이 맞을 거야. 그래서 토끼려던 거고!"

지갑에서 학생증이 나왔다.

그런데 전남대 학생증이 아니었다. 재수학원 학생증이었다. 사실, 대학생이라 하더라도 문제 될 건 없었다.

대위가 말했다.

"금남로에는 중고등학생들도 많이 나와 있어! 괜찮아."

시위대에 중고등학생들도 많다는 뜻이었다. 그것은 중고등학생들을 죽여도 무방하다는 뜻이기도 했다.

무차별 강경 진압하라는 명령을 받은 그들로서는 광주 시내에서 누굴 죽여도 죄책감이 없었다.

남은 한 사내를 공수부대원들이 에워쌌다.

운전대에서 기절해 있던 조치문 씨는 간신히 상체를 일으켰다. 얼굴이 온통 미지근한 액체에 젖어 있었다. 피였다.

주먹으로 눈과 코를 닦고 일어나 쩔뚝쩔뚝 걸어갔다. 운전석에서 벗어난 그는 버스 유리창을 통해 밖을 내다보았다.

담벼락 아래, 승객이었던 네 명이 바닥에 제멋대로 누워 있었고, 공수부대원들은 한 남자를 둘러싸 겁박하는 모습이 눈에 들어왔다.

조치문 씨는 이마에서 자꾸 흐르는 피 때문에 군인들에게 둘러싸인 남자를 똑바로 보지 못했다.

몇 번 눈을 껌벅이고 보니, 맙소사, 그는 갓난아기를 안고 맨 뒷자리에 앉아 있던 젊은 부부 중 남편이었다.

눈으로 보는 것만으로는 버스 밖에서 무슨 일이 일어나는지 알아차리기 힘들었다. 말소리가 들리지 않았기 때문이다.

담벼락 앞에서 장발의 사내는 공수부대원에게 강하게 항의하다가 대위가 쏜 총을 맞고 주저앉았다.

동시에,

버스 맨 뒷자리에서 새된 비명 소리가 들렸다.

갓난아기를 안고 엎드려 있는 여자가 보였다.

총을 맞고 쓰러진 남편을 보고 놀라 지른 외마디 비명이었다.

공수부대 대위가 운전기사인 조치문 씨를 폭행한 후, 버스에 탄 사람들을 전부 내리라고 명령했을 때, 아기 아빠는 아기 엄마에게 내리지 말고 뒷자리 등받이 아래 몸을 숨기라고 했던 모양이었다.

공수부대원들도 아기 엄마와 갓난쟁이가 버스에서 내리지 않은 것을 모르는 것 같았다.

남편이 쓰러졌고, 그것을 몰래 지켜보던 아내가 충격에 소리를 지르고 말았다.

다행히 버스 문밖 공수부대원들에게까지는 들리지 않았다. 아직 공수부대 대위는 버스 안에 운전기사인 조치문 씨만 남아 있는 걸로 생각하고 있었다.

공수부대원들은 버스에 있는 사람을 전부 죽일 작정으로 끌어내렸다. 저 여인과 갓난쟁이도 걸리면 죽임을 당할 게 뻔했다.

시민을 쏴 죽인 그들은 자신들의 행위를 본 목격자가 있으면 가만 놔두지 않을 것이다. 아기 엄마라고 예외가 되리란 법이 없었다.

조치문 씨는 두 손과 발이 벌벌 떨리기 시작했다.

머리를 너무 맞아 좀처럼 판단이 서지 않았지만, 저 군인들이 다시 버스에 오를 것 같다는 생각만은 분명하게 들었다.

아닌 게 아니라 밖에서 대위가 외쳤다.

"버스 짐칸과 안을 갈겨봐. 숨어 있을지도 몰라. 전남대로 가는 버스는 저것뿐이야. 폭도들이 저 버스를 이용하지 않는 게 이상해!"

군인들은 버스의 뒷바퀴 부근의 짐칸에 대고 총을 겨누었다.

버스의 옆면이다.

조치문 씨는 절뚝절뚝 운전대로 갔다.

버스 문을 닫았다.

부아앙, 시동을 걸었다.

저들이 총을 쏘면 맨 뒷자리의 아기와 엄마가 위험하다.

하차 문을 닫고 액셀러레이터를 밟았다.

버스가 시동을 걸자 군인들이 당황했다.

"쏴라! 운전기사가 도망간다!"

다, 다, 다, 다,

조치문 씨는 핸들을 있는 힘껏 돌렸다.

지옥 같은 이곳에서 벗어나 아무도 없는 논이나 산기슭 쪽으로 가야 한다는 생각뿐이었다.

버스 유리창이 깨지고, 총알이 강판을 뚫는 소리가 났다.

그 순간 날카로운 유리가 조치문 씨 얼굴로 쏟아졌다.

조치문 씨의 시야는 금세 붉은 물속에 있는 것 같았다. 그리고 옆으로 기울어지던 버스는 앞에 세워놓은 공수부대 트럭의 후미와 부딪히고 멈췄다.

조치문 씨는 주먹으로 눈을 비볐다.

그럴수록 유리 조각이 그의 각막을 더욱 긁어댔다.

조치문 씨는 비칠비칠 일어나 맨 뒷자리로 갔다. 아기 엄마가 쓰러져 있었다. 그리고 그녀 품에 갓난아기가 울고 있었다.

눈이 흐릿하게 보이는 조치문 씨는 죽은 여인에게서 갓난아기를 벗겨내어 품에 안았다.

타, 타. 타. 타.

뒤에서 공수부대원들이 다시 총을 쏘아댔다.

버스의 뒷유리가 모래처럼 쏟아졌다.

조치문 씨는 아기를 가슴 아래에 넣고 웅크렸다.

눈을 꼭 감은 채.

달려가면서 별생각이 다 들었다.

'할아버지가 돌아가시는 건 아니겠지?'

'제발 살아 있어줘요! 이렇게 가시면 안 돼요!'

교통사고가 난 곳은 현운의 학원 앞 삼거리였다. 그곳은 지하철역과 삼거리의 복개도로, 고가도로로 올라가는 진입로가 혼재되어 있어 교통이 매우 불편한 곳이었다.

집에서 나오기 전 현운은 아빠한테 전화했다. 있었던 일을 소상하게 말했다. 전화 저편의 아빠는 알겠다며 곧 전화를 끊었다.

아빠 목소리는 의외로 담담했다.

아니, 좀 지친 것 같기도 했다.

아빠와 할아버지는 피를 나눈 사이는 아니었다. 할아버지가 젊었을 때 길에서 데려다 키운 아이였다.

결혼도 하지 않은 할아버지는 1980년, 부모를 잃은 아빠를 자기 자식으로 삼아 키웠다고 한다.

졸지에 눈이 보이지 않게 된 서른 살 청년이, 한 아이를 키운다는 것은 결코 쉬운 일이 아니었다. 할아버지의 가족들은 어떻게든 아기를 다른 데로 보내려고 했지만, 그럴 때마다 할아버지는 미친 짐승이 되어 아이를 끌어안았다.

할아버지가 40년이 흐른 지금까지도 그때의 충격으로 외상 후 스트레스장애를 앓고 불안증과 자살 시도, 반복적인 환상으로 고생하는 것을 누구보다 잘 알고 있는 이는 아빠였다. 그게 전부 자신을 구하다가 얻은 상처라는 것도. 그래서 아빠는 엄마를 떠나보낼지언정 할아버지는 떠나보내지 못하고 있었다.

현운은 달랐다. 아빠에게 할아버지가 중요하듯 현운에겐 엄마가 필요했다.

엄마를 떠나게 한, 아빠의 아빠가 미웠다. 하지만 할아버지가 저렇게 된 건 할아버지 잘못이 아니기에, 마음껏 미워할 수도 없었다.

할아버지의 발작보다 더 견디기 힘들었던 건, 이렇게 미움과 연민으로 범벅된 마음이었는지도 모른다.

오늘, 할아버지는 현운을 괴롭히던 아이들을 응징하러 가다가 저런 일을 맞닥뜨렸다.

다리가 후들거렸다.

현운은 태블릿을 괜히 빌렸다고 후회했다.

그걸 빌리지 않았다면, 할아버지가 저렇게 되지 않았을 텐데.

저 멀리, 인도에 구급차가 서 있고 사람들이 모여 웅성거리고 있었다.

헤집고 들어갔다.

할아버지가 길바닥에 주저앉아 있었다.

아, 다행이다.

할아버지는 크게 다치지 않은 것 같았다.

119 구급대원들이 그런 할아버지를 일으키려고 했지만 할아

버지는 온몸에 힘이 풀린 사람처럼 털썩 늘어져 있었다.

저쪽에는 누런색 무언가가 모로 누워 있었다.

구급대원 한 명이 어깨를 좁힌 자세로 그것의 옆구리를 두 손으로 누르고 떼기를 반복하고 있었다.

"하누!"

현운이 외쳤다.

누워 있는 건 하누였다.

차에 치인 것은 할아버지가 아니라 하누였던 것이다.

심폐소생술을 시도하던 구급대원은 결국 하누의 옆구리에서 손을 뗐다.

하누의 심장은 멈추고 말았다.

할아버지는 망연자실한 얼굴로 하누 쪽을 바라보고 있었다. 마치 하누의 모습이 똑똑히 보이는 것 같은 눈동자.

할아버지는 침이 뚝뚝 떨어지는 입을 벌린 채 차마 아무 말도 하지 못하고 울먹이고 있었다.

현운은 할아버지 옆에 털썩 주저앉았다.

내일이면 현운이 학교 도서관 마녀에게 빌린 태블릿을 돌려주는 날이다.

하누는 일주일 동안 그렇게 나타나서 할아버지를 다시 밖으로 나가게 하고, 웃게 만들고는, 그렇게 있던 곳으로 다시 떠났다.

"불러낸 존재가 개였어?"

학도 마녀는 검은 뿔테 안경 너머로 새카만 눈동자를 굴리며 어이없다는 표정을 지었다.

"꼭 사람만 불러야 하나요?"

"뭐, 그건 아니지만."

"그럼 잘못된 게 아니네요."

"그렇지. 니 마음이다만."

"하누가 죽은 뒤로 할아버지가 밖을 나가려 하지 않았어요."

현운은 결국 자신이 왜 죽은 할아버지의 개를 불러내려 했는지 말할 수밖에 없었다.

저쪽 아파트에 살 때는 할아버지, 아빠, 현운, 하누가 가족이었다.

하누는 할아버지를 데리고 늘 개운산을 올랐다. 괴팍한 할아버지는 유일하게 믿는 존재, 유일하게 자신을 이끄는 존재가 하누라고 했다.

하누는 눈이 보이지 않는 할아버지 옆에서 안전하게 산책을 이끌었다. 하누는 현운의 가정에 없어서는 안 될 가족이 되었다. 그리고 10년이 지나 노견이 될 때까지 늘 할아버지와 현운의 곁을 지켰다.

현운이 고등학교에 입학하던 작년, 하누가 조금씩 먹을 것을
거부하기 시작했다.

아빠와 현운은 하누를 병원으로 데리고 갔다. 수의사는 하누
몸에 커다란 종양이 스무 군데 이상 달려 있다고 말했다. 고통
이 엄청날 거라고도 말했다. 하누는 악성 종양 판정을 받은 이
후에도 매일 할아버지를 이끌고 산에 올랐다. 전혀 아픈 내색을
하지 않고.

하누가 떠나던 날 할아버지는 방에서 나오지 않았다. 하누를
그리며 매일 울었다.

눈먼 자신이 40년 묵은 그 상처를 밖으로 토해낼 때, 저 말 없
는 짐승은 안으로 삭히고 있었다며 엉엉 울었다.

할아버지는 이제는 산책 같은 건 하지 않겠다고 말했다. 그리
고 어두운 방에서 내내 누워만 지냈다. 아빠는 할아버지를 모시
고 병원에 데리고 갔다.

"영감님이 삶을 놓으시려는 것 같습니다. 입원해서 회복 치료
를 좀 받으셔야 합니다."

의사에 말에 따라 할아버지는 한 달 정도 병원에 입원했다.
그러나 잠만 주무셨다.

할아버지는 점점 쇠약해졌고, 의사도 더는 병원에서 할 수 있

는 게 없다고 했다. 할아버지는 어떤 병에 걸려 치료가 필요한 게 아니었다. 마음이 닫힌 거였다.

의사는 요양병원을 추천했다.

그곳에는 임종봉사자가 있고, 안락하게 여생을 마칠 수 있는 편의시설이 되어 있다고 했다.

아빠는 결국 좁은 아파트를 팔고 두 블록 떨어진 아파트로 옮겼다. 아빠는 삶을 등지려 한 할아버지를 집에서 보내드리려고 결심한 것이다. 할아버지는 새집에서도 어둠 속에 누워만 계셨다.

그때 현운은 유미에게서 학도 마녀 이야기를 들었다.

현운은 할아버지를 살리고 싶었다.

할아버지가 저렇게 된 건 사랑하는 하누가 죽었기 때문이다. 할아버지는 하누에게서 인내와 극복의 의미를 깨달으신 것 같았다. 그리고 당신이 극복하지 못한 인생을 자책하는 것처럼 보였다.

현운은 안다.

할아버지의 인생은 할아버지 스스로 극복할 수 없는 벽 안에 갇혀 있었음을. 할아버지는 국가 폭력의 피해자이면서 한편으로 현운이 가정을 깬 가해자이기도 했다.

상처는 누구에게나 존재한다. 상처는 혼자 이겨낼 수 있는 것과 그렇지 못하는 것이 있다. 특히 개인의 문제가 아닌 외력에 의해 얻은 상처는 개인이 노력한다고 해결되는 것이 아니다.

운명은 각자의 선택에 달려 있다고 하지만 실상 그렇지 않은 경우도 있다. 험악한 역사 한가운데에서 모진 상처를 받은 사람에게, 그 운명을 혼자 힘으로 짊어지라고 하는 건 너무나 가혹하다.

현도 패거리의 폭력을 견디는 동안, 현운은 할아버지가 그 오랜 시간 무엇과 싸워왔는지 어렴풋이 알게 됐다. 또 할아버지가 스스로 삶을 저버리려 하는 걸 보며, 할아버지를 이런 식으로 보내고 싶지 않은 자신의 마음을 알게 됐다.

그래서 찾아왔다.

일주일 동안이라도, 할아버지에게 하누를 돌려드리고 싶었다.

하누 또한 힘든 마음을 견딘 건 사실이지만, 그 모든 걸 인내한 힘은 할아버지에 대한 사랑에서 비롯된 것이었음을 할아버지가 깨달으셨으면 했다.

할아버지가 몸을 버리면서까지 버스 안의 갓난아기를 지키려 했듯, 현운은 그런 할아버지를 지키고 싶었다. 미웠지만 가여운 분이었고, 미웠지만 사랑하는 분이었으니까.

그렇게 할아버지는 다시 돌아온 하누와 일주일을 보내셨다.

"그래, 지금 너희 할아버지 상태는 어떠시니?"

"여전히 말씀은 없으신데요, 그렇다고 예전처럼 어두운 방에만 누워계시진 않으세요."

"돌아가실 것 같진 않다는 거구나."

"네…… . 그런데 참 이상하죠? 할아버지는 하누가 왔다 간 걸 기억도 못하실 텐데, 다시 기운을 차리셨다는 게."

"글쎄, 그 이유는 너한테 있는 거 아닐까?"

묘한 웃음을 띤 학도 마녀의 말에 현운은 고개를 끄덕였다.

"그럴지도요."

"어쨌든 네가 이 태블릿을 빌려 간 게 의미가 있었네."

"그렇죠. 고맙습니다. 선생님."

"나한테 고맙다고 하지 마라. 네 할아버지가 너한테 고마워해야지."

"네, 뭐. 그럴지도요."

"그나저나 네 사진은 넣어뒀겠지."

"네."

학도 마녀는 태블릿 PC의 폴더를 클릭해서 현운이 넣어둔 사진을 보았다.

그 사진에는 초등학생 현운이 강아지 하누를 안고 있는 모습이 있었다. 그 뒤에 엄마와 아빠가 카메라를 보며 웃고 있었다.

사진을 한참 보던 학도 마녀는 뿔테 안경 너머로 현운을 바라보았다.

"좋은 사진이네. 근데 왜 이렇게 흔들렸니?"

"그러게요. 누가 찍었을까요?"

"그러고 보니 할아버지가 안 보이네?"

"카메라를 들고 계신걸요. 이거, 할아버지가 찍은 사진이에요."

너를 부르는 시간

탁, 탁, 탁, 탁.

"달려! 빨리!"

정나래는 학교 4층 계단을 오르며 소리쳤다.

마라탕을 덮어쓴 탓에 교복 치마가 허벅지에 찰싹 달라붙어 다리를 교차하며 오르기가 힘들었지만 그런 것을 신경 쓸 여력이 없었다. 나래는 종아리 근육에 더욱 힘을 조이며 올라갔다. 중학교 때 체조를 했기에 동작이 꽤 날렵했다.

뒤따라오던 상미, 동희는 이미 3층쯤에서 보이지 않았지만 나래는 그 아이들이 마치 바로 뒤에 있는 듯 외쳤다.

"빨리! 시간이 없다고!"

6층으로 올라온 나래는 학교 옥상으로 나가는 철제문 앞에서 한번 허리를 숙이고 숨을 가다듬었다.

헉, 헉, 헉, 헉.

그리고 철제문을 벌컥 열었다.

옥상에는 아무도 없었다. 저 멀리서 밀려오는 키 낮은 회색 구름뿐.

습기 먹은 바람이 코안에 맴돌다가 빠져나갔다. 옥상에서 맞는 바람은 교복 치마만큼이나 축축했지만, 기분은 그보다 더 축축했다.

장마철이라 하늘은 흑색 구름으로 빼곡하게 들어찼다. 멀리 개운산 앞으로 박혀 있는 건물들과 빌딩, 아파트 단지가 선명하게 보였다. 오전에 내린 비로 젖어 있는 옥상 바닥은 온통 거무스름했고 드문드문 고인 물이 맑았다.

나래는 눅눅한 시멘트 바닥을 발로 차며 옥상 한가운데로 달려갔다.

둘러봐도 인기척은 느껴지지 않았다.

"박유진!"

나래가 외쳤다.

긴 머리를 날려가며 빙글빙글 돌아 옥상의 사면을 전부 확인했다. 눈에 보이는 것들은 늘어선 대형 환풍 팬들, 화재 대피용

완강기, 은색 철제 환풍구뿐이다.

"박유진! 아오, 씨, 너 어딨어? 옥상에 있는 거 다 알아! 얼른 나오라고!"

보이지 않는다.

나래는 손목에 차고 있는 애플워치를 확인했다.

5시 41분.

아직 4분 정도 남았다.

"헉, 헉, 있어? 찾았어?"

덜커덩, 옥상 철문에서 상미가 헐떡이며 나타났고 그 뒤로 동희가 모습을 드러냈다. 계단을 올라온 둘은 체력이 한계에 달했는지 옆구리를 부여잡고 바닥을 기려고 했다.

"헉, 헉, 헉, 이게 헉, 헉, 몇 번째야! 헉, 헉."

"헉, 헉, 나래야. 헉, 헉, 찾았냐고! 헉, 헉."

나래가 그 둘에게 소리쳤다.

"야! 그년 어딨는지 빨리 찾아!"

"헉, 헉, 없어? 저번에는 저쪽 난간에 있었는데. 헉헉."

동희가 옥상 저쪽을 가리켰다.

"이미 뛰어내렸나? 헉헉."

상미도 헐떡거리며 말했다.

나래가 입술을 질근 깨물었다.

옥상 철제문 쪽으로 몸을 돌린 나래 시선에 무언가가 들어와 박혔다.

"씨!"

나래는 그곳을 응시했다.

박유진은 높은 곳에 서 있었다.

나래는 눈을 가늘게 뜨고 그곳을 바라보았다.

"저게! 저긴 또 어떻게 올라가선!"

유진이가 올라선 곳은 나래와 상미, 동희가 막 들어온 옥상 철제문 위, 장식탑 망루 상부였다. 그곳은 옥상의 가장 높은 곳으로 흔히 학교나 아파트 같은 건물에서 물탱크를 두는 곳이다.

흰 면티, 청바지 차림의 유진은 노란색 물탱크 옆에서 먼 곳을 바라보고 있었다.

유진의 짧은 머리카락이 바람에 요동쳤지만, 유진은 그저 잠에서 막 깬 듯한 무표정한 얼굴이었다.

"야! 박유진! 너 당장 안 내려와? 아오, 저걸 그냥!"

나래는 있는 대로 욕을 퍼부었다.

평소 친구들 앞에서 건들거리기 위해 내뱉는 욕지거리가 아니었다. 나래는 지금 욕이라도 해야만 했다. 아니, 간절한 마음에 욕밖에 할 게 없었다.

이렇게 겁을 주는 것은 사실 이쪽이 겁을 먹었기 때문이다.

"야! 내려오라고!"

물탱크가 있는 저곳과 나래가 서 있는 이곳의 거리만큼 보이지 않는 긴 줄이 있었으면 좋겠다. 그 줄을 따라 협박의 효과가 잘 전달될 수 있으면 좋으련만. 불행하게도 저 위와 여긴 어떤 감정도 전달되지 않을 것 같은 거리였다.

나래의 뜻을 무시하는 유진에게 특히나 더. 아니나 다를까, 유진은 아래에서 외치는 나래를 신경 쓰지 않았다.

멀리서 검은색 구름이 뭉게뭉게 밀려오고 있었다. 곧 비가 쏟아질 것 같았다.

상미와 동희도 유진을 보고 놀란 눈으로 입을 떡 벌릴 뿐이다.

나래는 손목에 찬 애플워치를 보았다.

5시 44분.

이제 1분 남았다.

"에이 씨, 저긴 또 어떻게 올라간 거야? 하…….."

나래는 두리번거리며 유진이가 올라서 있는 정사각형 형태의 콘크리트 장식 탑으로 올라가는 방법을 찾으려 했다.

옥상에서 가장 높은 곳에 있는 장식 탑은 벽에 박힌 청색 철제 사다리를 타야만 했다.

그 사다리는 관리자용으로 바닥부터 이어져 있지 않았다. 바닥에서 최소 1, 2미터 정도 위부터 박혀 있었다. 폭도 좁은 데다

웬만한 학생 키로는 폴짝 뛰어 팔을 뻗어도 닿지 않았다.

원래 건물 관리자가 점검 차 물탱크로 올라가려면 바닥에 삼각 간이 사다리를 먼저 세우고 올라서서는, 벽에 박힌 청색 철제 사다리를 부여잡아야 오를 수 있는 구조다.

나래는 대여섯 걸음 뒤로 물러났다. 그리고 벽에 박힌 사다리 쪽으로 달렸다. 옆 벽을 발로 차고 몸을 띄워 벽 높은 곳에 박혀 있는 철제 사다리를 잡았다. 체조 선수였던 탓에 몇 번 시도 끝에 힘으로 능숙하게 상체를 올리고 결국 사다리에 발을 걸었다.

나래는 사다리를 타고 정신없이 올라갔다.

망루에 올라선 나래를 유진이 고개를 돌리고 바라보았다.

"나래야, 조심해!"

아래에서 상미와 동희가 놀라 위를 보고 있었다.

나래가 장식탑 위로 올라섰다. 노란색 물탱크를 배경으로 둘은 높은 곳에서 바람을 맞고 서 있었다.

"유진아, 내려가자."

나래가 달래듯 말했다.

유진은 가만히 나래를 바라보기만 했다.

나래는 손을 뻗었다.

"가자고!"

"오지 마."

"너, 진짜 열 받게 할래?"

"……오지 말라고."

나래가 한 발짝 다가갔다.

"너, 여기서 나가면 나한테 존나 처맞을 줄 알아, 박유진! 이 미친년아! 빨리 여기서 내려가자고!"

유진은 빙긋이 웃었다. 그리고 고개를 돌려 먼 구름을 바라보았다.

비가 오려면 오고 말려면 말지 이렇게 흐려서 또 모든 게 깨끗하게 잘 보일 건 뭔가. 유진은 멀리 보이는 곳곳을 하나하나 눈에 박아두는 듯했다.

띠로로롱, 띠로로롱.

나래의 애플워치에서 알람이 울렸다.

45분이 된 것.

등을 돌린 채 홀린 듯 먼 구름을 응시하는 유진의 등을 노리며, 나래는 소리 없이 움직였다.

달려가 유진의 허리춤을 잡았을 땐, 유진의 몸은 이미 학교 건물에서 벗어나 허공에 떠 있었다. 유진은 마치 번지점프 하듯 팔을 벌리고 몸을 일자로 만들었다.

나래가 쥔 유진의 면티가 뜯어지며 나래 손과 유진의 몸은 분리되었고, 유진은 마치 진공 속에서 유영하는 우주비행사처럼 몸을 빙글 돌렸다.

순간, 시간이 멈춘 것 같았다.

누운 듯 허공에서 유진은, 나래를 힐끔 바라보았다.

옥상에서 손을 뻗은 채 망연자실한 얼굴을 한 나래에게 유진
은 빙긋이 웃었다.

나래가 눈을 한번 깜빡였을 때, 유진은 시야에서 사라졌고,
곧, 쾅.

저 아래, 화단 옆에 쌓아둔 철골들이 무너지는 소리가 났다.

내려다보니 유진은 두 다리가 버려진 마네킹처럼 꺾인 채 죽
어 있었다.

"으아아, 씨팔!"

나래는 쥐고 있던 물탱크 난간을 움켜잡으며 눈을 꼭 감았다.

한 시간 후.

'애플'의 멤버 정나래와 노상미, 강동희는 학교 근처 마라탕
집에서 시킨 마라탕에는 손도 대지 않은 채 탁자 위에 놓아둔
태블릿 PC를 바라보며 말없이 앉아 있었다.

"며칠 남았지?"

나래가 물었다.

"월요일에 빌렸으니까, 다음 주 월요일 아침까지 반납하면 돼."

동희 말에 나래는 고개를 끄덕였다.

이 태블릿 PC를 직접 받은 건 동희다.

원래 상미와 함께 들어가려 했지만 겁이 많은 상미가 주저하자 동희 혼자 들어갔다. 동희는 나래와 같은 아파트에 살았고 나래와 유치원을 함께 다닌 친구이기도 했다.

학도 마녀는 빌리는 기간이 일주일이라고 말했다.

빌린 날은 월요일이었지만, 상미와 동희가 나래와 함께 유진을 불러내려고 시도한 것은 화요일부터다.

오늘은 토요일, 유진을 불러낼 수 있는 시간은 이틀뿐이다. 그간 네 번이나 불러냈다.

입술을 씹던 나래가 비장하게 말했다.

"다시 한 번 하자."

나래 말에 상미와 동희의 입은 소리를 내진 않았지만 "또?"라고 말하고 있었다.

"왜? 싫어?"

"아, 아니. 그게 아니고."

"아오, 진짜, 박유진 년, 불러내야 할 거 아냐."

상미와 동희는 고개를 떨어뜨렸다.

"유진이 걔한테 그 이야기를 반드시 해야만 해."

나래의 차가운 눈에 상미와 동희는 마지못해 고개를 끄덕였다.

한 시간 전 셋은 옥상에서 유진을 살리지 못했다.

유진이 떨어지자 셋은 곧장 학교 옥상에서 내려와 학교에서 15분쯤 떨어진 번화가의 마라탕 집에 와 있었다.

"근데 유진이, 저렇게 두고 와도 될까? 경찰에 신고는 해야 하는 거 아냐?"

"필요 없어."

나래는 입술을 잘근거리며 태블릿을 노려보았다.

"이 태블릿이 또 시간을 바꿔줄 거니까."

나래의 말은 유진을 다시 불러내면 죽은 유진은 사라진다는 뜻이었다.

동희, 상미는 이 태블릿에 만나고 싶은 사람의 사진을 넣으면 그 사람이 실제로 나타나 일주일 동안 함께 지낼 수 있다는 사실을 장유미에게 들었다. 몇 달 전 유미도 이 태블릿을 사용해서 죽은 동생을 불러낸 적이 있었다는 것이다. 그래서 상미와 동희가 도서관에 가서 동희 이름으로 빌렸고 지금 나래가 함께 있다.

태블릿에 불러내고 싶은 사람 사진을 넣으면 그 사람이 실제로 나타나는 것은 유미가, 또 학도 마녀가 말한 것과 같았다.

172

학도 마녀는 동희에게 주의 주기를, 한 번에 한 사람만 불러 낼 수 있다고 말했고, 돈 사진을 넣으면 안 된다고 했다. 또 다 이아몬드나 복권 사진도 마찬가지였다.

"홍길동은 안 돼. 외계인도 안 돼. 슈퍼맨도 안 돼. 하여튼 현 실에 없는 사람은 안 돼. 알겠어?"

단, 죽은 사람은 괜찮다고 말했다. 또 학도 마녀는 오직 한 사 람만 나와야 한다고 했다.

도서관에서 태블릿 PC를 받아 든 동희는 상미를 만났고, 결 국 나래까지 나타났다.

"왜 안 된다는 거야? 한 사람만 불러내는 게 아닐 수도 있잖아!"

태블릿을 유심히 살펴보던 나래는 사람들이 모르는, 어쩌면 학도 마녀조차도 모르는 비밀 기능 하나를 알아냈다.

사진 파일을 태블릿에 저장해 불러내고 싶은 누군가를 불러 낸 후에도, 그 저장한 사진 파일과 같은 이름으로 다른 사진을 또 저장하면 두 번째 사진 속 주인공도 나온다는 것. 즉, 파일명 을 동일하게 쓰고 다른 사진을 저장하면 또 다른 이를 불러낼 수 있었다. 이때 불러내는 존재는 산 자든 죽은 자든 상관없다.

예를 들면 이렇다.

동희가 리어나도 디캐프리오 사진에 '갈매기.jpg'라는 이름을 준다. '갈매기.jpg'라는 이름의 디캐프리오 사진 파일을 학도 마녀의 태블릿 PC에 저장하면 실제 영화배우 디캐프리오가 나온다. 이건 유미가 말한 것, 또 학도 마녀가 설명한 것과 동일했다. 유미는 이렇게 죽은 자기 쌍둥이 동생을 불러냈고, 하린도 자기 엄마를 불러낸 적이 있다고 했다.

그런데 태블릿 PC에 '갈매기.jpg'라는 파일명의 디캐프리오 사진이 있음에도 불구하고, 이번엔 브래드 피트 사진에다가 '갈매기.jpg'라는 이름을 주고 또 저장하면 일은 달라진다.

브래드 피트 사진 파일명이 '갈매기(1).jpg'로 자동 변환되면서 태블릿에 저장되는 순간, 신기하게도 진짜 브래드 피트까지도 나오는 것이다. 태블릿에는 '갈매기.jpg', '갈매기(1).jpg'이 남아 있고 리어나도 디캐프리오와 브래드 피트 둘을 만날 수 있다는 것.

마동석까지 불러내고 싶다면 마동석 사진에 '갈매기.jpg'라는 파일명을 주고 저장하면 태블릿은 '갈매기(2).jpg'로 자동 변환되면서 역시 그도 나타난다.

갈매기.jpg

갈매기(1).jpg

갈매기(2).jpg

.

.

같은 방식이라면 태블릿 PC에서 수많은 사람을 불러낼 수 있다는 뜻이 된다.

물론 주변 사람들은 불러낸 사람을 이상하게 생각하지 않고 불러낸 사람이 생각하는 환경 속 인물로 이해하는 것은 유미의 경험과 같다.

"봐봐, 이 방법이면 여러 명을 불러낼 수 있는 거잖아!"

"그러네. 같은 이름만 주면 가능하네?"

세 아이는 왜 학도 마녀가 이 규칙을 설명해주지 않았는지 의아했다. 아마도 이건 학도 마녀조차도 모르는 버그일지도 몰랐다.

하지만 동희와 상미, 그리고 나래는 여러 사람을 불러낼 생각이 전혀 없었다. 세 아이는 지금 한 사람을 여러 번 반복해서 불러내고 있었다.

바로 '애플'의 멤버였던 박유진.

유진을 불러내자고 제안한 건 정나래였다.

유진은 자살했다.

한 달 전 바로 이 자리, 마라탕 집에서 나래, 상미, 동희와 함께 마라탕을 먹고 헤어진 후, 다음 날 학교 화단에서 죽은 채 발견되었다. 옥상에서 투신한 것이다.

경찰이 CCTV를 확인해보니 유진은 마라탕 집에서 나와 곧장 학교로 갔다고 했다.

아이들은 그날 마라탕 집에서 있었던 일을 추궁받았지만, 경찰에도 교장 선생님에게도 증언하지 않았다.

학도 마녀에게 빌려온 태블릿에 셋은 유진 사진을 넣고 불러냈다.

그런데 이상했다.

불려 나온 유진은 자기가 죽었던 5시 45분이 되자 다시 옥상으로 가서 떨어지는 것이다. 유진이가 죽자, 나래는 생각했다.

"한 파일명으로 여러 인물을 불러낼 수 있다면 같은 인물을 여러 번도 불러낼 수 있는 거 아냐?"

"그런가?"

상미가 고개를 갸웃했다.

"그러네. 나래가 보는 데서 유진이가 나온 것만 봐도 그렇잖아."

동희가 말했다.

"하긴."

그래서 유진의 사진을 다시 넣어보았다. 그랬더니 맙소사, 유진이 나타났다.

그리고, 또 아무렇지 않게 있다가 5시 45분만 되면 달아나더니 옥상에서 떨어지는 것이었다.

유진은 불러낼 때마다 계속 죽고 있었다.

아마도 자신이 일주일간 환생한 것을 받아들이지 못하는 것 같았다. 또 자신의 죽음을 계속해서 받아들이고 있었다.

"사진 다시 넣어. 이번에는 꼭 구해내는 거야."

세 아이는 그렇게 유진 사진에 '갈매기.jpg'라는 파일명을 계속 저장해서 벌써 네 번째 유진을 불러내고 있었다. 학도 마녀의 태블릿에는 이미 '갈매기(4).jpg'까지 저장되어 있었다.

"자꾸 유진이를 죽이는 것 같아서 좀 그래."

상미가 이마를 구기며 말했다.

동희도 한숨을 쉬었다.

"그래, 인제 그만하자. 나래야."

"뭔 소리야? 학도 마녀가 준 기한까진 그년이 우리와 함께 있어야 하는 거라고! 걔도 진실을 알아야 할 거 아냐."

유진이 진실을 알아야 한다고 나래는 주장했다.

"유진이가 그 진실을 안다고 해도 살아나는 건 아니잖아."

상미와 동희는 유진이 그 진실을 알더라도 이미 소용없는 일이라고 생각했다.

나래가 둘에게 무서운 표정을 지었다.

"나, 걔랑 그 일 풀지 않으면 절대로 안 돌아가. 불러내!"

나래의 겁박에 상미와 동희는 눈을 내리깔았다. 나래는 '애플'의 대장답게 둘에게 명령했다.

"잘 들어. 이번에 그년이 나오면 이 가게에서 아예 못 나가게 하는 거야. 사진을 다시 저장해."

"……"

"안 해?"

나래 눈이 귀신처럼 시뻘겋게 변하자 겁이 난 상미는 동희 옆구리를 쿡 찔렀다.

"야. 해. 어서."

"……아, 알았어."

어쩔 수 없이 동희는 유진의 사진 파일을 '갈매기.jpg'라는 이름으로 태블릿에 저장했다. 그러자 유진의 사진은 '갈매기(5).jpg'가 되어 태블릿에 저장되었다.

세 아이는 주변을 두리번거렸다.

이제 유진이 나타날 것이다.

첫 번째 불러낼 때는 어느새 나래 옆에 앉아 웃고 있었다. 두 번째는 마라탕 집 화장실에서 나왔다. 세 번째는 막 문을 열고 늦은 듯 마라탕 집으로 들어와 나래 옆자리에 앉았다. 네 번째는 옆 테이블 아래에 쪼그리고 앉아 울고 있었다.

이렇게 유진이가 새로 나타나는 순간, 이전에 옥상에서 떨어진 현실은 싹 사라졌다. 아마도 태블릿 PC가 설계한 타임 루프인 것 같았다. 여러 번 불러내면 이런 오작동이 일어나는 모양이다.

이번에는 어떻게 나타날까?

"이번엔 이상한 꼴로 나타나는 건 아니겠지?"

"이젠 슬슬 겁이 나."

상미와 동희가 중얼거렸다.

나래는 입술을 꼭 깨물고 마라탕 집 주변을 둘러보았다.

저쪽에 대학생으로 보이는 남녀 한 쌍이 마주 보고 앉아 있었고, 입구 쪽 계산대에는 젊은 주인이 스마트폰을 만지작거리고 있다.

그리고 나래, 동희, 상미뿐인 텅 빈 가게 내부.

세 아이는 유진이 이번에는 어떻게 나타날지 긴장하며 주변을 두리번거렸다.

"앗, 저기다!"

상미가 주방 쪽을 가리켰다. 유진은 쟁반을 받쳐 들고 걸어오고 있었다. 앞치마를 맨 상태였고 두 손에 받친 쟁반에는 꿔바로우 한 접시가 올려져 있다.

나래는 생각했다.

'이번에는 알바구나.'

네 번째 불러낼 때까지 유진은 마라탕 집에서 일하지 않았다. 유진이 실제로 죽던 날, 나래와 상미와 동희와 함께 마라탕을 먹으러 이 가게에 왔었다. 이곳에서 나래와 언쟁을 벌였고, 그

길로 마라탕 집에서 나와 곧장 학교로 달려갔다.

죽은 유진을 다섯 번째 불러내는 지금, 유진은 알바로 존재하고 있었다. 학도 마녀의 태블릿은 매번 같은 상황을 연출해내지는 못하는 것 같았다.

"거기 예쁜 손님드을! 서비스입니다."

유진이 웃으며 탁자에 접시를 내려놓았다. 먹음직한 꿔바로우가 접시 위에서 번들거렸다. 유진이 웃으며 세 아이에게 말했다.

"내가 주방 언니한테 서비스로 달라고 했어. 내 절친들인데 꿔바로우 좋아한다고. 그러니까 금방 만들어주더라."

다섯 번째로 나타난 유진은 이 마라탕 집에서 알바로 일하며 친구들에게 서비스 음식을 주고 있었다.

"아, 아하. 그러냐?"

"고, 고마워."

상미와 동희가 모른 척 유진의 말을 받아주었다.

"어서 먹어봐, 다른 테이블에 나가는 것보다 더 쫄깃할 거야. 찹쌀을 다른 걸로 썼거든. 야! 이런 친구가 어딨냐?"

나래는 침을 꿀걱 삼켰다. 꿔바로우가 먹고 싶어서가 아니다. 긴장을 달래기 위해 저도 모르게 목젖이 움직여졌다.

나래는 손목에 찬 시계를 보았다.

지금 시각은 5시 8분.

지금은 저렇게 웃고 있지만 유진은 곧 다가올 5시 45분, 그러니까 한 달 전 유진이 실제로 죽었던 그 시각이 되면 반드시 이 가게에서 뛰어나가 학교로 달려갈 것이다. 그리고 옥상에 올라가서는 떨어질 것이다.

마라탕 집에서 학교까지는 걸어서 15분.

그렇다면 유진은 적어도 5시 20분쯤에는 이 알바 장소에서 사라질 거다.

지금껏 네 번을 불러내서 전부 그랬고, 나래는 놓쳤다.

나래는 자연스럽게 스마트폰을 집어 들었다. 재빨리 톡을 보내고 힐끔 상미와 동희를 보았다. 톡 내용을 보라고 눈으로 말했다.

둘은 슬그머니 자기 스마트폰을 본 후 나래에게 알겠다는 듯 고개를 끄덕였다.

이번에는 유진이 학교로 가지 못하도록 셋이서 온몸으로 막아낼 작정이었다.

유진은 불러낼 때마다 교묘하게 빠져나갔다. 처음에는 웃다가 갑자기 달려 나갔다. 셋은 유진이가 어딜 가는지 몰라 헤매다가 다음 날 옥상에서 떨어진 것을 뉴스로 알았다.

두 번째는 긴가민가했는데 역시나 달려 나갔다.

"저거, 또 죽으러 가는 거야. 말려야 해!"

다행히 우리은행 건물 앞 사거리에서 유진을 붙잡았지만, 유진은 은행 ATM기를 운반하던 사설 경찰에 폭행당했다며 구해 달라고 난리 치다가 결국 사라졌다. 물론 수상하게 여긴 사설 경찰에 막혀 세 아이는 유진을 쫓아가지 못했다.

세 번째는 화장실에 간다며 사라졌고, 화장실 창문을 통해 달아났다. 네 번째는 뜨거운 마라탕을 뿌리고 달아났다. 마라탕 집 주인이 변상을 위해 세 아이를 잡았기에 나래, 동희, 상미는 유진을 바로 뒤쫓지 못해 한발 늦었다.

유진이 나래 맞은편, 동희 옆자리에 앉았다. 유진은 계산대에 앉아 스마트폰만 만지는 희멀겋게 생긴 가게 주인을 가리켰다.

"우리 사장, 잘생기지 않았냐? 근데 진짜 쓰레기야. 이 가게도 부모가 차려줬는데, 맨날 가게는 안 보고 나가 놀아. 가게는 주방 언니가 전부 도맡다시피 해. 저 언니도 알반데."

알바생 유진이 사장을 힐끔 보며 입을 삐쭉거렸다.

나래가 입을 뗐다.

"박유진."

"응?"

나래는 더 말하지 않고 유진을 빤히 쳐다보기만 했다.

"왜 그래? 왜 그렇게 봐?"

유진이 눈을 껌뻑였다.

"너, 우리 아빠가 룸살롱 사장이라고 소문난 거 알지?"

유진은 탁구공처럼 눈을 동그랗게 떴다. 나래는 그런 유진의 눈을 보며 말했다.

"그 소문 맨 처음 퍼뜨린 사람이 너지?"

유진이 질문하는 나래 눈을 가만히 바라보았다.

한 달 전,

마라탕 집에 모인 '애플' 멤버인 나래, 상미, 동희는 식은 마라탕을 앞에 두고 심각하게 앉아 있었다. 유진이 비엔나소시지와 숙주나물, 포두부 등을 그릇에 담고 걸어와 자리에 앉았다.

유진은 세 아이가 자기를 차갑게 노려보는 것을 깨닫지 못하고 부글부글 익은 붉은 마라 국물에 재료들을 넣기 시작했다.

"이햐, 맛있겠다!"

유진이 고개를 들었다.

유진은 나래, 상미, 동희가 숟가락도, 젓가락도 꺼내지 않고, 마라탕에 넣어 먹을 재료들도 챙겨 오지 않고 그저 팔짱을 낀 채 자신을 바라보고 있다는 것을 알았다.

유진은 들고 있던 젓가락을 내려놓고 반듯하게 앉았다.

"왜……들 그래? 내 얼굴에 뭐가 묻었어?"

뚫어질 듯 노려보던 나래가 입을 뗐다.

"박유진."

"응?"

"너, 우리 아빠가 룸살롱 사장이라고 소문난 거 알지?"

유진은 눈을 탁구공처럼 동그랗게 떴다.

"에이, 아직도 그 얘기 하는 거야? 신경 쓰지 마. 근데 좀 글킨 글타. 여름쯤이면 가라앉을 줄 알았는데 아직도 떠들고 그러네. 소문이 무섭긴 하다. 애들이 한번 들은 건 잊어먹지 않나 봐. 하긴 학기 초에 하린이 년이 약에 취해 자꾸 퍼뜨리고 다니긴 했지. 내가 하린이 년, 제대로 조질까?"

나래가 말했다.

"맨 처음 퍼뜨린 사람이 너지?"

그 말에 유진이 웃음기를 거두었다.

유진은 얼굴을 들이밀고 있는 나래 옆에서 자신을 꼬나 보는 상미와 동희를 번갈아 살폈다.

상미는 어처구니없다는 표정을 짓고 있었고 동희는 유진을 아래위로 흘기고 있었다. 동희와 상미는 입술로 '미친년', '개짜증나' 등의 말을 중얼거리고 있었다.

유진은 나래가 자신을 범인으로 지목했으며, 상미와 동희도 확신하고 있음을 느꼈다.

유진은 명실공히 '애플'의 멤버였다.

'애플'이란 이름을 지은 것도 유진이다. 중학생 때부터 나래와 유진은 똑같이 애플워치를 차고 있었다. 고등학교에 올라와서 마음이 맞는 상미와 동희도 같이 애플워치를 차고 합류했다. 네 명은 그렇게 자신들의 모임인 '애플'을 결성했다. 그런데 지금, 유진은 '애플'에게 추궁당하고 있었다. 멸시하는 눈빛을 받으면서.

"대답해. 너지?"

유진은 어금니를 한번 꾹 눌렀고 침을 삼켰다.

저 나래의 질문, 나래 아빠가 방포리 룸살롱 사장이며, 불법으로 술 접대하는 여자들에게 성매매를 하게 하고, 나래도 자기 아빠 가게에서 조건만남을 한다고 학교에 난 그 소문이 제일 먼저 누구의 입에서 나왔는가에 관한 답을 왜 자기에게 묻느냐고 반문할 수 없었다.

그 소문을 맨 먼저 퍼뜨린 사람은 유진이었기 때문이다.

찰나의 순간이었지만 유진은 과거가 떠올랐다.

그것은 학기 초, 토요일 오후에 일어난 일이었다. 학원에서 나오며 유진은 한 모텔에서 나오는 엄마를 보았다. 그곳은 모텔과 유흥업소가 많은 구시가지 먹자 골목이었고, 아주 예전에는 사창가가 있던 거리였다.

매년 국회의원 선거철이 되면 '50년 된 숙원. 지역 정화 차원에서 방포리 사창가를 철거하겠습니다.'라는 현수막이 걸릴 만큼 오래된 유흥가로 유명하다.

재개발이 진행되면서 그 지역에는 고층 아파트가 속속들이 지어지고, 학교가 늘어났지만, 동네를 포위한 먹자골목의 술집과 모텔, 성인 나이트클럽 들은 되려 자기들만의 영역을 꿋꿋이 지키며 사라지지 않고 있었다.

유진은 엄마와 함께 나온 남자가 왠지 눈에 익었다. 그 남자는 아빠 또래였지만 아빠보다 훨씬 옷을 잘 입었고, 잘생긴 얼굴이었다. 엄마는 웃는 얼굴로 그 남자와 모텔 옆 건물의 감자탕 집으로 들어갔다.

며칠 뒤, 유진은 나래 집에 가서 가족사진을 보고서야, 엄마랑 모텔에서 나온 사람이 정나래 아빠임을 깨달았다.

나래 엄마와 아빠는 1년째 별거 중이었다. 나래는 고만고만한 아파트 단지가 빼곡한 이 동네에 유일하게 대형 할인점과 이어진 근사한 주상복합에 산다. 나래는 '개날라리'였지만 중학생 여동생 나미는 나래와 달리 공부도 잘하고 책도 많이 읽는 우등생이었다.

몇 번 가본 기억으로, 나래 집에는 책이 무척 많았다. 전부 집을 나간 나래 엄마가 두고 간 책이라고 했고, 나래는 그 책을 쓰레기 보듯 했다. 반면 나래 동생 방에도 동생이 보는 책들이 빼곡했다. 그러니까 나래는 아빠를 닮고, 나래 동생은 엄마를 닮아 자매끼리 이렇게 다른 모양이었다.

상미, 동희, 유진은 학원에 다니고 있었지만 나래는 끝까지 다니지 않았다. 나래는 진정한 '날라리'임을 내보이고 싶었을지도 모른다. 하긴, 학원도 안 다니고, 학생이 해야 하는 모든 것을 거부하고 돌아다니는 나래의 그 자유야말로 '애플' 멤버를 포함한, 학교의 다른 아이들을 위축시키는 힘일지도 몰랐다.

나래 아빠가 방포리 구시가지, 유흥업소가 몰린 그 거리에 사업체를 가지고 있다는 것을 유진은 알고 있었다. 그것은 나래가 자기 입으로도 말했고, 유진도 중학교 때 조폭 같은 사람들과 유흥업소 주변을 함께 걸어 다니는 나래 아빠를 본 적 있었다. 사람들이 좋게 보지 않는 그 지역에 아빠가 돌아다닌다는 사실을 두고 나래는 언젠가 자기 아빠가 짜증 난다고 말하기도 했다.

'엄마가!'

그런 나래 아빠와 자기 엄마가 모텔에서 나오는 것을 본 유진은 치를 떨었다.

유진은 적어도 자기 부모는 싸우지 않는 사이라고 생각했다. 그것은 '그렇게 믿고 싶다'거나, '우리 집은 그럴 거야.'라는 막

연한 추측이 아니라 실제로 그렇게 보였기 때문이다.

평범한 대기업 회사원인 아빠와 주부인 엄마는 겉으로 보기에 무척 다정한 사이였다. 늘 배드민턴을 함께 치고, 주말에는 두 블록쯤 떨어진 외할머니댁에 함께 문안 인사를 가거나 아파트 앞 카페에 가서 에스프레소와 아인슈페너를 함께 마시고 오곤 했다.

엄마는 길을 걸을 때 늘 아빠 팔짱을 꼈다. 아빠는 유진이 엄마와 싸울 때면 은근히 엄마 편을 들어주었다. 그런 모습을 일상적으로 보고 지낸 유진은 자기 부모는 별거나 이혼, 또는 성격 불화 같은 것과는 거리가 멀다고 생각했다.

그런데 엄마가 다른 남자와 모텔에서 나오다니. 그것도 딸 또래의 학생들이 학원에서 나오는 대낮에. 게다가 그 남자가 같은 동네에 사는, 친구의 아빠라니. 또 그 아빠는 유흥업소가 몰린 시가지에서 좋지 않은 사업을 하는 남자.

그때부터 유진은 집에서 엄마를 똑바로 보지 못했다. 엄마가 낯설었고 죽고 싶을 만큼 미웠다.

유진은 한 달가량을 꽤 아프게 울었다.

방에서, 혼자.

유진의 세상이 점점 무너지고 있었다.

엄마를 유혹한 나래 아빠를 용서할 수 없었고, 그런 자의 딸인 나래를 용서할 수 없었다.

그래서 유진은 몰래 정나래 아빠가 룸살롱를 운영하고, 나래는 거기서 조건만남을 한다는 소문을 냈다.

오하린은 우울증 약을 먹는 아이다. 약을 먹지 않을 땐 몹시 난폭해지고, 말을 함부로 하는 경우가 많았다. 그때 누군가가 몇 마디 하면 하린은 마치 어린애처럼 그때 들은 말을 반복하곤 했다. 그래서 하린을 이용했다.

하린이 복도에서 '나래 아빠가 유흥업소 사장이다!'라고 소리 지른 게 결정적이었다. 정나래는 노는 아이였고, 학교 짱이었기에 그 소문은 즉시 먹혀들었다.

그런 소문이 도는 동안 유진은 나래의 모습을 가장 가까이서 지켜보았다. 나래는 신경 쓰지 않는 척했지만, 몹시 당황하고 있었다. 누가 그 소문을 냈는지 상미, 동희, 그리고 유진에게 파악하라고 지시했고, 상미와 동희가 진원지를 역추적해 들어올 때마다 유진은 교묘하게 자기 앞, 또는 그 앞 선에서 차단할 수 있었다. 그래서 한때 진원지가 오하린이 된 적도 있었다.

학기 초에 그 일이 있고부터 나래는 방포리, 모텔, 유흥업소 등의 이야기만 나오면 표정이 달라졌다.

'속으로는 괴로워하고 있는 거야. 그래, 더 괴로워해야 해. 그런 아빠 딸로 태어난 벌이야.'

유진은 그렇게 생각했다.

정나래는 내가 소문을 퍼뜨렸다는 사실을 어떻게 알았을까?

용의주도하게 인스타나 페이스북에 흔적을 남기지도 않았고, 단톡방에 가명으로 내용을 쓴 적도 없다. 그저 약을 먹지 않거나, 과하게 먹은 상태의 하린을 이용해서 확실하게 성공했다고 생각했는데…….

오늘,

아침에 일어나 샤워를 하면서 유진은 마음이 가벼워졌다. 유진은 학원에 가기 전, 엄마에게 말했다.

"나는 이제 두 번 다시 배신당하지 않겠지만, 앞으로 살면서 아빠는 절대로 배신하지 마."

설거지하던 엄마는 거품이 뚝뚝 떨어지는 고무장갑을 세운 채 멍하게 유진을 바라보았다. 식탁에서 스마트폰을 보던 아빠도 안경을 벗으며 유진을 바라보았다.

유진은 눈을 동그랗게 뜨고 자신을 바라보는 엄마와 아빠에게 강아지처럼 방긋 웃고는 집을 나왔다.

토요일 오후, 초여름이 접어드는 거리는 온통 푸르렀다. 유진은 마지막으로 친구들이 보고 싶었다. 나래까지도.

사실 아침에 일어나서 그런 생각이 들었다. 나래가 뭐가 잘못이 있겠어. 걔도 피해자인데. 그런 생각이 들자 나래도 보고 싶어졌던 것이다.

학원에 갔다가 '애플' 단톡방에 모이자고 문자를 보내고 있는데 나래에게 전화가 왔다. 나래는 동희, 상미와 함께 마라탕 집에 있으니 오라고 메시지를 보냈다.

반가움이 먼저 일었다.

유진은 당장 마라탕 집으로 갔다. 나래와 상미와 동희를 마지막으로 보고 학교로 갈 생각이었다. 그런데 마라탕 집에서 나래가, 또 상미와 동희가 저런 눈으로 자길 바라보고 있었다.

멸시하는 눈.

유진은 조용히 젓가락을 놓았다.

굳이 해명하고 싶지 않았다.

아침에 한 결심을 조금 더 빨리 실행하면 되는 문제였다.

친하게 지냈던 친구들과 마지막 날을 보내고 끝내고 싶었는데 그러진 못하게 되었다. 마라탕을 먹고 마지막으로 코인 노래방에 갔다가 안녕, 하고 아무렇지 않게 노을 아래에서 헤어진 후 학교로 가고 싶었는데…….

하지만 뭐 어때. 단지 시간이 조금 앞당겨졌을 뿐, 크게 문제될 건 없었다.

아침에 눈을 떠서 결심한 그 일을 조금 빨리 하면 되는 것이었다.

"말하라고! 니가 제일 먼저 씨부렸냐?"

나래가 젓가락 하나를 집어 들고 유진의 머리를 딱, 한 번 때리더니 형사처럼 노려보았다.

유진은 퍼뜩 정신을 차렸다. 마라탕 집에 요상한 중국 음악이 귀에 마구 맴돌다 사라졌다.

유진은 나래 입을 가만히 바라보았다. 나래 입이 또 벌어졌다.

"그리고 너희 엄마, 우리 아빠하고……."

그 순간, 유진이 벌떡 일어났다.

나래와 동희와 상미가 고개를 들었다.

유진은 의자를 박차고 달려 나갔다. 나래와 동희와 상미가 벌떡 일어났다. 가게 유리문 밖으로 유진이 저쪽을 향해 달리고 있었다. 마침 신호등이 바뀌어 유진이 곧장 횡단보도를 건넜다.

"저년 왜 저래?"

상미가 말했다.

동희도 모르겠다는 듯 어깨를 들썩였다.

영문을 모르는 건 나래도 마찬가지였다. 그러다가 나래는 유진이 앉아 있던 자리, 유진이 엎어뜨리고 간 의자 옆에 유진의 학원 가방이 여전히 남아 있다는 사실을 깨달았다.

"저년 잡아야 해!"

그 순간, 무언가를 깨닫고 나래가 가게 밖으로 나갔다.

뒤에서 상미와 동희가 불렀지만 나래는 유진을 뒤쫓기 위해 인도를 달렸다.

달리면서 나래는 불길한 기분이 들었다.

'아닐 거야. 아닐 거야.'

나래는 달리면서 유진이 섣부른 짓을 결심했다는 것을 본능적으로 느꼈다.

나래는 횡단보도 앞에서 멈췄다.

신호등은 빨간색이었고, 차들은 빠르게 오가고 있었다.

횡단보도 저쪽, 이미 도로를 건넌 유진이 학교 쪽으로 멀리 뛰어가고 있었다.

"야! 박유진! 거기 안 서! 야! 미친년아!"

유진은 학교 정문이 있는 모퉁이로 막 돌고 있었다.

나래는 신호가 바뀌기를 기다리며 발을 동동 구르고 있었다.

유진이 꿔바로우 접시를 탁자에 놓을 때 나래는 상미와 동희에게 톡 내용을 보라고 눈으로 말했다.

둘은 슬그머니 자기 스마트폰을 본 후 나래에게 알겠다는 듯 고개를 끄덕였다.

상미, 넌 문으로 가서 내가 신호하면 문을 활짝 열어.
동희 넌 유진이를 꽉 잡고 못 나가게 해.

알바생 유진은 동희 옆에 앉아서 마라탕 사장 이야기를 했다.

나래가 입을 뗐다.

"박유진."

"응?"

나래는 더 말하지 않고 유진을 빤히 쳐다보기만 했다.

"왜 그래? 왜 그렇게 봐?"

유진이 눈을 껌뻑였다.

"너, 우리 아빠가 룸살롱 사장이라고 소문난 거 알지?"

유진은 탁구공처럼 눈을 동그랗게 떴다.

나래는 그런 유진의 눈을 보며 말했다.

"그 소문 맨 처음 퍼뜨린 사람이 너지?"

유진은 질문하는 나래 눈을 가만히 바라보았다.

나래는 유진이 다섯 호흡 만에 벌떡 일어난다는 것을 일찌감
치 계산해 두었다.

한 호흡.

아마도 유진은 자기가 그 사실을 어떻게 알았는지 정신없이
머리를 굴리는 중일 것이다.

두 호흡.

유진은 즐겁게 마라탕을 먹으러 왔다가 난데없이 나래와 동희와 상미가 거부감 서린 눈빛을 쏘고 있던 거고, 진실을 말할 때가 왔다는 사실을 인지할 시간도 필요하다.

세 호흡.

유진이 '애플'의 멤버로서 둘도 없는 친구가 배신한 것이 들켰으며, 이젠 도리가 없음을 느끼는 중이라고 나래는 생각했다. 또 유진이 그다음 변명할 말을 고민하고 있다는 것을 알았다.

네 호흡.

또 유진은 자기 엄마와 나래 아빠가 바람을 피웠다는 것을 나래가 어떻게 알았는지도 궁금해 할 것이다.

다섯 호흡.

나래가 말했다.

"그리고 너희 엄마, 우리 아빠와⋯⋯."

갑자기 눈빛이 변한 유진이 벌떡 일어났다.

동시에 나래도 일어났다. 상미도 동희도 일어났다.

제일 먼저 상미가 달려가 마라탕 집 가게 문을 활짝 열었다. 나래는 유진보다 먼저 그 열린 문을 통해 마라탕 집 밖으로 나갔다. 유진이 의자를 박차고 테이블 너머로 몸을 돌렸다. 동희가 힘껏 유진을 밀쳤다. 계산대 쪽으로 넘어진 유진이 일어나

마라탕 집 밖으로 나가려 할 때 상미가 재빨리 문을 닫았다. 둘은 유진 몸으로 엎어졌다.

마라탕 집 밖으로 나온 나래는 마라탕 집 에어컨 실외기 옆에 세워둔 서울시 자전거 따릉이에 올랐다. 마라탕 집에 올 때 미리 세워둔 것이었다.

저쪽 횡단보도 신호가 막 바뀌고 있었다.

나래는 페달을 밟아 횡단보도를 건넜다.

바람처럼 휘어져 가는 자전거에 놀라 길을 건너던 어른들 서너 명이 움츠렸다.

곧장 학교 쪽으로 달렸다.

상미와 동희가 유진을 막았고, 자신은 자전거를 타고 있으니 무조건 유진보다 먼저 학교에 도착할 것이다.

나래는 필사적이었다.

유진을 만나기 위해서는 유진보다 더 빨리 움직이는 방법밖에 없었다.

뒤쫓지 않고 먼저 도착하는 것.

그것이 나래가 생각한 방법이었다.

상미와 동희에게 잡힌 유진은 어떤 방법을 쓰든 옥상으로 올 것이다.

45분에는 반드시 떨어져야 하니까.

45분 전에 옥상으로 통하는 유일한 문인 철제문 앞에 서 있으면 유진을 만날 수 있다고 생각했다.

운동장을 지나 건물 입구에서 자전거를 던지고 계단을 올랐다. 2층, 3층, 4층, 5층.

헉, 헉, 헉, 헉.

6층에 올라 옥상으로 나가는 철제문에 다다랐을 때, 나래는 주머니에서 노끈을 꺼내 철제문을 칭칭 감았다.

최대한 할 수 있는 만큼 감았다.

탁, 탁, 탁, 탁.

아래에서 올라오는 발소리.

나래는 획, 뒤돌았다.

저 아래에서 서서히 유진의 정수리가 보였다. 유진은 귀신처럼 모습을 드러내고 있었다.

나래는 기다렸다. 6층으로 올라온 유진은 옥상 입구를 막고 있는 나래와 마주 섰다.

"왔어?"

"비켜."

유진의 얼굴은 싸늘했다.

학도 마녀의 태블릿이 불러낸 유진은 계속 죽기 위해 노력하고 있다. 나래는 그런 유진에게 꼭 할 말이 있었다.

"얘기 좀 하자고."

"비켜."

나래는 유진의 손을 불쑥 잡았다.

유진이 놀라 어깨를 움츠렸다.

나래가 유진의 얼굴을 똑바로 보며 말했다.

"그리고 너희 엄마, 우리 아빠하고 모텔에서 나온 거 나도 봤어."

유진의 이마가 신경질적으로 일그러졌다.

"비켜! 듣고 싶지 않아."

"들어야 해."

"너희 엄마와 우리 아빠가 모텔에서 나온 그날 나도 학원을 다녀볼까 하고 니네 학원에 상담하러 갔었다고. 그런데 부모님을 데리고 와야 한다길래 혼자 나왔어. 그때 유진이 널 봤어. 니가 보고 있는 저쪽의 장면도 봤고."

유진은 시끄러운 공명이 울리는 듯 나래 손을 뿌리쳐 귀를 막았다.

나래는 유진이 귀에 댄 손을 잡아 내리고 계속 말했다.

"들어! 나도 우리 아빠와 너네 엄마가 함께 모텔에 나오는 걸 봤다고! 그런데 박유진. 네가 크게 오해하는 게 있어!"

"비켜. 비키라고!"

나래는 박유진의 두 손목을 잡고 있는 자신의 손 언저리, 손목을 힐끔 보았다.

42분을 가리키고 있었다.

3분 만에 이야기해야만 한다.

45분이 되면 유진은 어떻게든 옥상으로 올라갈 것이고, 또 몸을 날릴 것이다.

나래는 유진의 손목을 잡은 손에 힘을 더 세게 주었다.

이렇게 잡고 있다 해도, 철제문을 꽁꽁 묶어놓는다고 해도, 저 귀신같은 유진은 옥상으로 향할 것이다. 어쩌면 연기처럼 변해서 사라지는 수를 쓸지도 모른다. 나래는 유진이 때가 되면 연기처럼 사라질 것이란 상상이 왜 들었는지 모르지만, 아무튼 그런 생각이 들었다. 어쩌면 동질감을 느꼈을지도 모른다.

"박유진. 니가 본 건 사실이 아니야!"

"뭐가? 내가 본 게 뭐가 사실이 아닌데?"

"우리 아빠, 룸살롱 사장 아니야!"

"웃기시네."

"아니야. 아니라고! 너만은 아니라고 믿어야 해."

그 말에 유진이 나래를 노려보았다.

"우리 아빠 방포리 구역에서 부동산을 하고 계셔!"

그 말에 유진의 눈썹이 더 흉하게 비뚤어졌다.

나래는 시간이 없었다.

"우리 아빠는 그 지역에 술집이나 모텔 등을 임대하거나 건물을 사려는 사람에게 부동산 물건을 알아봐주는 일을 한다고! 그날 니네 엄마, 재건축 건물을 알아보려고 우리 아빠한테 찾아온 거야. 니가 본 장면은 우리 아빠가 곧 오피스텔로 바뀔 모텔을 니네 엄마한테 보여 주고 나오는 모습이었다고. 그 모텔은 곧 허물고 오피스텔로 재건축되는 건물이고."

유진은 가만히 듣고만 있었다.

나래는 침을 꿀꺽 삼키고 빠르게 말했다.

"나, 부동산에 관해 좀 알아. 방포리 유흥구역 곧 재개발되어서 없어져. 그래서 은행에서 이 동네 사람들 대상으로 고금리로 대출도 해주고 있다고. 권리표인지 뭔지를 사라면서. 암튼 니네 엄마랑 우리 아빠 그런 사이 아니야."

그 말을 해주고 싶었다.

한 달 전, 유진은 그 말을 듣기도 전에 옥상으로 달려갔고 오늘도 그 말을 듣지 않고 네 번이나 옥상으로 달아났다.

나래는 유진이 처음 자살하기 전, 그 말을 해주고 싶었다. 처음부터 자기 아빠에 관해 안 좋은 소문을 낸 범인이 유진이란 걸 알고 있었지만 참았다.

유진은 나래의 둘도 없는 친구였으니까.

오히려 약발이 모자라 함부로 외치는 하린이 더 위험했다. 아무튼 나래는 그때 그 말을 하기 위해 마라탕 집으로 유진을 불러냈다.

"모른 척하려고 했어. 니가 그 소문을 낸 걸 알고 있었지만, 학교에서 함께 붙어 있으면서도 내내 가만히 있었어. 그런데 네가 몇 달을 괴롭게 지내는 걸 보고 안 되겠다 싶더라. 사실을 전부 말해주자고 결심했어. 그래서 애들이랑 마라탕 집으로 불러냈던 거야. 니 얼굴을 보니 다 말하는 마당에 좀 괘씸하더라. 그래, 그래서 처음엔 겁부터 좀 주려고 했어. 하지만 곧 웃으면서 진실을 말하려고 했어. 니가 얼마나 상처를 받았는지 이해가 갔고, 몇 달간 진실을 알면서도 말 안 한 건 내 잘못이니까. 그런데 너는 내 이야기도 듣지 않고 사라져서는 학교에서 투신했어. 사실 나는 그날 니가 뛰어내린 걸 몰랐어. 아무튼 네가 진실을 모르고 죽었다는 것을 알고 학도 마녀의 태블릿 PC로 널 불러낸 거야. 계속 너를 불러냈지만 너는 다짜고짜 학교로 달려갔어. 나는 그런 너를 쫓으려고 따라갔지만 너를 잡을 순 없었어."

유진은 듣기만 했다.

유진 눈에 눈물이 고여 있었다.

"이게 끝이야. 이게 불려 나온 너한테 우리가 말하고 싶었던 진실이야. 박유진. 너 그렇게 생각하지 마. 너희 엄만 그런 분이 아니야. 그것만 알고 있으라고! 너는 죽었지만 그 진실을 아는 것과 모르는 건 다르니까. 그리고……."

띠로로롱, 띠로로롱.

나래 손목에 찬 애플워치에서 소리가 났다.

45분이 된 것.

맙소사, 나래가 두 손으로 꼭 잡은 유진의 손이, 유진의 손목이 연기처럼 사라지고 있었다.

나래는 유진의 다리를 보았다.

다리도 흰 연기처럼 흩어져갔다.

나래의 상상대로다.

유진의 얼굴을 살폈다.

굳은 채 노기 서린 이마가 점점 풀어지고 있었다.

불그스름한 얼굴에는 무언가가 가득 들어찬 것처럼 환해지고, 부풀어지고 있었다.

나래가 간신히 말했다.

"유진아. 미안해. 정말 미안해."

유진은 우는 웃음을 보였다.

"……고마워. 나래야."

유진은 그렇게 나래가 보는 앞에서 사라졌다.

아래에서 동희와 상미가 헐떡거리며 올라오고 있었다.

"헉. 헉. 나래야. 이야기했어? 헉, 헉, 진실을 말해줬냐고! 헉, 헉."

나래는 허공을 무심히 바라볼 뿐이었다.

하루가 지났다.

셋은 다시 마라탕 집에 모였다. 나래와 상미가 나란히 앉고 동희가 맞은편에 앉았다.

마라탕 집에는 오늘도 아무도 없었다. 여전히 젊은 사장만 계산대에서 노는 둥, 마는 둥 스마트폰만 보고 있었다. 전혀 매장 관리를 하지 않는 것 같았다.

사실 동희는 이 마라탕 집 음식이 맛이 없었다. 평소 나래와 유진이 좋아해서 왔을 뿐이다.

유진은 없지만 나래가 있으니 이 장소도 나쁘지 않다.

어쩌면 오늘이 마지막이 될지도 모르지만.

팔, 팔, 팔.

탁자에는 마라탕 육수가 그윽하게 끓고 있었다.

상미가 콜라를 잔에 따라서 잔을 들었다.

"자. 우리 짠 할까?"

"그래, 짠 하자!"

동희도 웃으며 콜라 잔을 들었다.

나래는 반응 없이 그저 탁자만 바라보고 있었다. 나래 잔에는 콜라가 채워지지 않은 상태였다.

상미가 나래 컵에 콜라를 따르며 말했다.

"아직 안 풀렸어?"

나래는 가만히 끓는 마라탕 육수만 바라보았다.

동희도 거들었다.

"유진이가 진실을 알았으니 이제 된 거잖아. 너도 이제 마음 풀어. 나래야."

"그래, 나래야, 유진이는 이제 마음이 풀렸을 거야. 자, 짠 하자!"

상미와 동희가 다시 콜라 잔을 들었지만, 나래는 여전히 움직이지 않고 말도 없었다. 나래는 끓는 육수에서 컵에 차오르는 콜라의 거품으로 시선만 옮겼을 뿐이다.

상미와 동희는 들고 있던 콜라 잔을 조용히 내려놓았다.

나래 입술이 조금씩 떨리고 있었다.

나래는 유진이를 그렇게 돌려보낸 게 잘한 일인지 생각하고 있었다.

'미안하다고 더 많이 말했어야 했는데.'

학교 아이들은 종종 코인 노래방에 가기 위해 모텔이 즐비하게 들어선 그 유흥가 거리를 돌아다니곤 했는데, 나래 아빠는 그곳에 종종 모습을 보이곤 했다.

그 구역의 유지나, 혹은 조폭 같은 사람들이 소유한 건물을 손님에게 소개하고 공증하는 일을 하기에 그들과 함께 건물을 보러 가거나, 또는 건물을 보여준 후 함께 차를 마시러, 또는 식사하러 어울릴 때가 많은 것이다.

나래도 친구들이랑 코인 노래방을 가려다가 아빠를 본 적이 있었다.

나래 아빠는 "어이 딸!" 하며 멀리서 나래에게 손을 들어 보였지만 나래는 얼른 고개를 돌렸다. 학교에서 아빠가 룸살롱 주인이라는 소문이 돌고 있기에 나래는 이런 일이 불편했다. 게다가 동희, 상미, 유진이 함께 있는 자리에서 아빠가 아는 척하면 그 소문은 금세 사실이 되고 만다.

아빠 직업이 부끄러운 것은 아니다. 아빠는 부동산 사무실을 운영하는 자영업자다. 아빠는 이 구역의 모텔 거래를 전문으로 하고 있다. 이 번화가에 모텔이 많기에 그렇다. 그래서 사실을 말한다고 하더라도 아이들에게 좋은 인상을 줄 수 없었다.

"술집을 판대.""모텔을 판대.""팔 게 없어 그런 건물을 파나?" 이런 수군거림이 "룸살롱 주인"이라는 수군거림과 크게 다르지 않을 거라고 생각했다.

자기만 단단하면 괜찮다고 생각했다. 하지만 내가 그렇게 생각하지 않는다고 해도 남이 그렇게 생각하면 나는 조금이라도 위축되는 법이다.

나래는 아빠 직업이 부끄럽지 않았지만, 다른 아이들도 그렇게 생각할지 자신이 없었다. 늘 자기가 더 당당해져야겠다고 마음먹지만 쉽지 않았다. 그래서 학교에서도 조금이라도 기분 나쁜 애들이 보이면 당장 가서 기를 죽여버렸다.

유진에게 바로 말하지 못한 이유도 그것 때문이었다. 그 때문에 유진은 몇 달간 혼자 끙끙 앓다가 자살을 결심했다. 나래는 유진의 죽음이 자기 때문이라고 생각했다.

나래가 중얼거리듯 말했다.

"……유진이가 잘 알아들었겠지?"

"고맙다고 말했다며."

"그래, 잘 알아듣고 갔을 거야."

나래가 또 중얼거렸다.

"……다시 불러내면 걘 또 옥상으로 뛰어갈까?"

"나래야, 너 정말 힘들었구나. 유진이 때문에."

상미 말에 나래가 고개를 끄덕였다.

"그럼 마지막으로 불러내 볼까? 오늘 자정까진데."

동희 말에 나래는 고개를 저었다.

유진이 연기처럼 사라진 이후, 나래, 동희, 상미는 유진을 불러내지 않았다. 세 명 모두 그러는 편이 낫다고 생각했다. 그 마음은 지금도 마찬가지다.

나래가 고개를 푹 숙였다.

나래 옆에 앉은 상미가 나래 어깨를 감쌌다.

"나래야, 이제 그만해. 할 만큼 했어. 응?"

나래는 한참 만에 고개를 들었는데, 이번에는 미소를 짓고 있었다. 상미의 말에 힘입어 자신을 다독인 모양이었다.

"오케이. 고맙다. 얘들아!"

나래는 늘 그랬다.

할 수 있을 만큼은 최선을 다하고 그 이상은 욕심부리지 말자. 지금은 욕심부리지 말 때란 것을 깨달은 모양이다.

동희가 다시 콜라 잔을 들었다.

"진짜로 짠 하자."

상미도 콜라 잔을 들었고, 그제야 나래도 콜라 잔을 들었다.

"짠!"

셋은 잔을 부딪혔다.

하지만 아무도 콜라를 마시지 않았다.

나래가 둘을 번갈아 보며 말했다.

"뭐야. 짠 하자더니 니들, 왜 안 마셔?"

상미는 콜라 잔을 든 채 점점 눈꺼풀을 떨었다. 동희는 이미 울먹이기 시작했다. 상미와 동희 눈에 눈물이 가득 고여 있었다.

이번엔 풀 죽은 상대가 바뀐 모양새다.

나래는 멀뚱멀뚱. 상미와 동희는 울먹울먹.

웃긴 상황이지만, 한편으로는 각오한 상황이기도 했다.

동희가 눈물을 줄줄 흘리며 말했다.

"나래야, 정말 가야 해?"

"………"

상미가 콜라 잔을 내려놓고 옆에 앉은 나래를 와락, 껴안았다.

나래는 한참 상미 등을 쓰다듬더니, 다른 손을 뻗어 마주 앉은 동희 볼을 어루만져 눈물을 닦아주었다. 나래는 우는 상미와 우는 동희를 그렇게 말없이 달랬다.

띠로로롱, 띠로로롱.

동희의 애플워치에서 알람이 울렸다.

한 달 전, 유진이가 옥상에서 투신하기 40분 전인, 5시 5분이 되었다는 소리였다.

정나래는 상미를 떨어뜨리고, 조용히 일어났다.

"나, 화장실 좀 다녀올게."

동희는 엎드려서 엉엉 울고 있었고 상미는 손수건으로 두 눈을 가리고 있었다. 나래는 소매깃을 끝까지 잡고 놓지 않는 상미 손을 조용히 풀었다.

나래는 계산대에 앉아 스마트폰 게임에 빠진 주인을 지나 화장실로 들어갔다.

5분이 지나도 나래는 나오지 않았다.

상미와 동희는 고개를 숙이고 있었다.

한참 만에 상미가 말했다.

"한번 들어가 볼까? 화장실에?"

동희는 고개를 절레절레 흔들었다.

"그러지 말자."

"……잘 갔겠지?"

"……그랬을 거야."

상미와 동희는 화장실에 가도 나래를 만날 수 없다는 것을 누구보다 잘 알고 있었다.

한 달 전, 그날.

나래는 횡단보도 앞에서 다급하게 멈췄다.

신호등은 빨간색이었고, 차들은 빠르게 오가고 있었다.

횡단보도 저쪽, 이미 도로를 건넌 유진이 학교 쪽으로 뛰어가고 있었다.

"야! 박유진! 거기 안 서! 야! 미친년아!"

나래는 어떻게든 유진을 불러 세워야 했다.

유진은 학교 정문이 있는 모퉁이로 막 돌고 있었다.

나래는 신호가 바뀌기를 기다리며 발을 동동 구르고 있었다.

모퉁이를 꺾으면 둥근 보호수 나무가 있고, 그 나무를 지나서 50미터쯤 직진하면 학교다.

모퉁이를 돌던 유진이 무언가에 걸려 휘청했다.

"저게!"

이쪽에서 지켜보던 나래가 초조한 입술로 말을 내뱉었다.

넘어진 줄 알았던 유진은 다시 달리기 시작했다.

무언가에 걸려 엎어진 줄 알았는데, 과속 방지턱에 발끝이 채이면서 순간 스텝이 꼬인 것 같았다.

그때 저 멀리 모퉁이 왼쪽 골목에서 트럭이 내려오고 있었다. 유진은 줄곧 땅만 보고 달리느라 트럭이 오는 것을 보지 못하고 있었다.

"야! 위험해!"

이쪽 횡단보도에서 그 모습을 전부 지켜보고 있던 나래가 미친 듯이 외쳤지만 거기까지 소리가 닿지 않았다.

마음 같아서는 얼른 그쪽으로 가서 정신 나간 듯이 뛰고 있는 유진을 잡아 세우고 싶었는데, 신호등은 게으름을 피우는지 여전히 붉은색을 머금고 있었다.

나래는 저러다간 유진이 트럭에 치이겠다는 생각에 마음이 급했다.

도로를 가로질러 저쪽으로 건너가 볼까 순간 고민했지만 쌩쌩 지나는 차들 때문에 엄두를 못냈다.

그러다가 신호등이 빨간색에서 초록색으로 바뀌었다.

나래가 기다렸다는 듯 횡단보도를 달렸다.

그때 저쪽에서 채 멈추지 못하고 달려오는 택시가 긴 경적을 울렸다.

횡단보도를 달리던 나래는 택시를 보지 못한 채 그저 먼 쪽, 유진이만 바라보고 있었다. 저쪽 유진은 다행히도 트럭이 오는 것을 깨닫고 옆으로 몸을 틀어 학교가 있는 쪽으로 달려가고 있었다.

그것을 지켜보는 나래는 횡단보도 중간쯤을 달리며 '다행이다.'라고 생각했다.

자기에게 돌진하는 택시를 보지 못한 채.

그 시각은 유진이가 학교 옥상에서 투신하기 40분 전인, 5시 5분이었다.

"뭐? 버그?"

동희와 상미를 바라보는 학도 마녀의 눈은 동전만큼 커져 있었다.

"네. 사진 파일에 같은 이름을 주고 태블릿에 저장하면 여러 명 불러낼 수 있어요."

"파일 이름만 같으면 다른 사진을 넣어도 그 사람이 나온다구요."

그 말에 학도 마녀가 고개를 갸웃했다.

"잠깐, 너희들 내가 알려준 대로 했니?"

"그럼요."

동희가 끄떡였다.

상미도 끄덕였다.

"정나래 사진을 넣고 저장하니까 나래가 나온걸요."

학도 마녀가 "그렇겠지."라고 말했다.

"죽은 나래를 불러내고 싶다고 해서 태블릿을 빌려준 거니까."

"네, 그래서 나래가 나왔어요."

"그런데 뭐가 문제니? 여러 명을 불러낼 수 있다는 건 또 뭐고?"

상미가 답답하다는 듯 나섰다.

"다시 설명할게요. 동희가 나래 사진에 '갈매기.jpg'라는 파일 이름을 주고 태블릿에 사진을 저장했어요. 그러자 선생님 말씀 대로 나래가 진짜로 나타났어요. 그런데요, 나래가 우리한테 자기를 어떻게 불러냈냐고 물었어요. 우리가 선생님의 태블릿에 관해 설명해줬어요. 그러자 나래는 자기도 불러낼 사람이 있다며 자기랑 같은 날 죽은 박유진을 불러내겠다고 했어요."

그 말에 학도 마녀는 뿔테 안경 너머로 눈을 가늘게 찡그렸다.

"나래가 나타나자마자 자기가 불려나온 존재라는 걸 알았단 거지? 또 유진이를 불러내자고 했다는 거고? 그래서?"

"정나래는 제멋대로 갈매기.jpg라는 이름으로 박유진 사진을 넣었어요. 그런데 진짜로 박유진이 나타난 거예요. 유진이는 나타나면 꼭 자신이 죽은 시간에 옥상에 가서 떨어졌어요. 나래는 다시 유진이 사진에 같은 이름을 붙여서 태블릿에 저장했어요. 그러니 또 유진이가 나타나요. 그렇게 우린 여러 번 유진이를 불러낸 걸요."

학도 마녀는 음, 하는 소리를 냈다.

"그러니까 너희들은 일단 이 태블릿으로 두 명을 불러낸 거다. 그치?"

"네. 나래, 유진이 이렇게 두 명이고요, 이후에 유진이는 다섯 번 계속 불러냈어요."

"횟수로는 총 여섯 번이고, 사람은 두 명이라."

"맞아요."

둘은 고개를 끄떡였다. 그러다 동희가 학도 마녀에게 얼굴을 들이밀며 심각한 표정으로 물었다.

"왜 그런 거죠? 이 태블릿에 문제가 생긴 걸까요? 저한테 반드시 한 명만 불러낼 수 있다고 말씀하셨는데, 저흰 그 약속을 지키지 않았어요. 사실 겁나요. 저희 설마 잘못되는 거 아니죠?"

"잘못되다니?"

"그러니까, 우린 규칙을 어겼잖아요."

그러자 학도 마녀는 깔깔깔 크게 웃었다.

그렇게 웃더니 이내 무뚝뚝하고 심드렁한 표정을 하더니 의자에 등을 기대며 새끼손가락으로 귀를 팠다.

"버그라, 뭐, 그럴지도."

"예에?"

두 아이가 김이 빠진 듯 소리를 냈다.

"그게 뭐예요? 그럴지도라뇨."

"전자기기에 오류가 생기는 건 당연하지. 나한테 뭘 꼬치꼬치 캐물어?"

상미가 말했다.

"아니, 이런 건 원래 뭔가 철두철미하게 지켜야 할 규칙이 있고, 그것을 어기면 벌 받고 그러는 거 아니에요? 판타지 소설에 보면 규칙을 지키지 않으면 생쥐로 변하거나, 뭐 그러던데."

"그러게요. 한 명씩 불러내야 하고 홍길동은 안 되고, 그런 말씀 하셨잖아요. 그럴 거면 왜 그렇게 엄하게 말씀하셨어요?"

"뭐냐? 그것도 불만이냐?"

둘은 학도 마녀의 건조하고, 내용 없고, 대수롭지 않다는 태도에 어리둥절했다.

학도 마녀가 말했다.

"규칙이 있으면 지키면 되는 거고, 또 어기면 어기는 대로 색다른 걸 느낄 수 있고 그런 거지. 세상을 너무 딱딱, 자로 잰 듯 살면 안 돼. 세상에 나가봐. 더 해. 수학 문제처럼 답이 나오지 않는다고. 그리고, 내가 뭐 마녀라도 되는 줄 알아? 너희를 쥐로 만들게? 들어보니 나래도 만나고, 유진이도 만나고 즐겁게 지냈네. 태블릿을 반납했으면 됐고. 이제 귀찮으니까 어서 교실로 돌아가!"

둘은 고개를 갸웃하더니 인사하고 돌아섰다.

저만치 가던 동희가 다시 뒤를 돌아봤다.

"그리고 선생님."

"또 왜!"

학도 마녀는 키보드로 무언가를 치면서 건성으로 대답했다.

"저기, 들어보니 유미는 자기 사진을 저장했다고 해서요. 저희도 제 사진을 넣어뒀거든요. 선생님 태블릿 PC에."

"그래서?"

"아뇨. 그냥 그랬다구요."

동희와 상미가 도서관을 나갔다.

키보드를 치던 학도 마녀는 한 손으로 슬쩍 태블릿을 터치해서 폴더를 열었다. 거기에는 네 명이 엉켜서 웃고 있는 인생네컷이 들어 있었다.

동희는 커다란 핑크 리본을, 상미는 토끼 모자를 썼다. 나래는 루돌프 머리띠를, 유진은 산타 모자를 쓰고 웃고 있었다. 모두 행복한 표정이었다.

"음. 둘이서만 뭐야?"

학도 마녀가 확대한 사진에는 똑같은 핑크 애플워치 스트랩을 찬 나래와 유진이 손을 꼭 맞잡고 있었다.

작가의 말

　상처라는 것은 말이죠, 사람을 고통스럽게도 하지만 한편으로는 성숙하게도 합니다. 누구나 마음의 상처는 있습니다. 돌아가신 부모님께 효도하지 못한 죄책감, 돌아선 친구에게 사랑한다고 말하지 못한 후회, 올바른 선택을 하지 않아 잘못된 결과를 낳았다는 낙담, 함부로 던진 돌이 누군가에게 고통을 주었다는 뒤늦은 깨달음. 당신은 누구에게 상처를 준 적이 없었나요? 또 누구에게 받은 상처를 안고 살지 않나요?

이 작품 『도서관 마녀의 태블릿』은 그런 상처에 관한 이야기 모음입니다.

어느 날 저는 과거 경험한 상처 줌을, 또 상처받음을 다시 만날 기회를 얻는다면 어떨까를 상상해 보았어요. 다시 그 시간을 맞닥뜨린다면 나는 어떤 행동을 할까? 똑같은 실수를 반복할까? 아니면 용기를 내어 상황을 수정할까? 그런데 그런 기회를 뚝딱 얻을 수 있다면 재미없겠죠? 그래서 학교 도서관 선생님이 건네준 태블릿 PC라는 놀랍고 재미있는 기계를 또 생각해 냈어요. 그러니 멋진 작품이 만들어지더군요.

이 작품에 나오는 유미, 현운, 나래는 저마다의 이유로 상처를 앓는 친구들입니다. 한 아이는 가정에서, 한 아이는 역사에서, 또 한 아이는 친구에게서 감당할 수 없는 상처를 받았지요. 여러분은 작품을 읽으면서 그 아이들이 자신의 상처를 다시 맞닥뜨렸을 때 바라본 시선을 함께 경험하셨을 겁니다. 어땠나요? 이들은 잘 치유하고 극복했던가요?

여러분이라면 어떤 선택을 했을까요?

저는 생각합니다. 작품 속 친구들도, 여러분도, 저도, 모두 자신의 상처를 보듬고 사랑했으면 좋겠습니다. 자신을 치유하고서야 비로소 타인의 상처에 난 진물을 닦아줄 수 있습니다. 그러니 먼저 자신의 상처를 아물게 하세요. 힘들다구요? 방법을 모르겠다구요? 설마요, 여러분 곁에는 태블릿 PC를 가진 이가 분명 존재합니다. 그러니 용기를 가지세요.

아 참, 이거 하나는 꼭 기억하세요. 모든 일은 '당신 탓'이 아닙니다. 그러니 용감하게 치유하고 어서 주변을 돌아보세요. 그리고 주변에 머무르는 아픈 이들을 바라보세요. 사실 말이죠, 우리는 각자 마법의 태블릿 PC를 가지고 있어요. 그건 바로 당신의 마음! 거기에 아픔의 사진이 들어있잖아요. 그걸 꺼내 보세요!

도서관 마녀에게 태블릿을 빌리고 30년째 돌려주지 않는 차무진이 씁니다.

도서관 마녀의 태블릿

초판 인쇄 2023년 08월 20일
초판 발행 2023년 08월 25일

저자 차무진
발행인 이진곤
발행처 블랙홀
출판등록 제 25100-2015-000077호(2015년 10월 26일)
주소 경기도 파주시 문발로 405 제2출판단지 활자마을
전화 02-338-0092
팩스 02-338-0097
홈페이지 www.seentalk.co.kr
E-mail seentalk@naver.com

ISBN 979-11-88974-69-6 44800
979-11-956569-0-5 (세트)

블랙홀은 씨엔톡의 자매 회사입니다.